Jean-Marie Rouart

de l'Académie française

Une jeunesse perdue

Gallimard

Écrivain, auteur de nombreux romans, Jean-Marie Rouart a reçu de grands prix littéraires comme l'Interallié pour *Les feux du pouvoir*, le Renaudot pour *Avant-guerre* et le prix Prince Pierre de Monaco pour l'ensemble de son œuvre. Élu à l'Académie française en 1997 au fauteuil de l'historien Georges Duby, il a notamment publié, aux Éditions Gallimard, *Une jeunesse à l'ombre de la lumière*, *Nous ne savons pas aimer*, *Le scandale*, *La guerre amoureuse*, *Ne pars pas avant moi*, *Une jeunesse perdue* et *La vérité sur la comtesse Berdaiev*. Il est également l'auteur de trois biographies historiques qui ont connu un grand succès : *Morny : Un voluptueux au pouvoir*, *Bernis le cardinal des plaisirs*, et *Napoléon ou La destinée*.

L'horrible passion d'aimer qui on méprise.

François Mauriac

L'homme n'est jamais gagnant dans le duel sexuel. La femme lui est fatale.

Jean Delumeau

Que serions-nous sans le secours de ce qui n'existe pas ?

Paul Valéry

L'ÂGE DE BRAISE

1

Je venais de franchir la plus dangereuse des frontières. J'abordais ce temps glacé que le printemps n'égaie plus. À quoi bon les rencontres quand les yeux des femmes ne s'allument plus ? Ces yeux dans lesquels on lisait plus que des promesses : son bonheur, son malheur, qu'importe. Des ivresses. Son destin. La vie ! Désormais, ils vous regardent sans vous voir. Ils réservent leur ardeur à reluquer de jeunes visages, des corps que l'usure n'a pas flétris. Ne plus être désiré, n'est-ce pas un supplice aussi injuste et cruel que la mort ? Appelle-t-on encore cela vivre quand son propre corps n'est plus l'objet d'aucune convoitise, quand il a rejoint le lot commun : le troupeau résigné de ceux dont ni les yeux, ni la bouche, ni la peau ne vous parlent plus la seule langue qu'on attende des êtres ? Ils ne chuchotent plus ces appels à l'étreinte sans lesquels on se sent ravalé au rang des choses.

La perspective de rejoindre les zombies désabonnés des fièvres voluptueuses m'accablait. J'avais beau me raisonner, me préparer mentalement à dételer, comme on dit, l'échéance m'accablait. Je n'acceptais pas l'inéluctable cours des choses. Une part de moi-même me conseillait d'être raisonnable, de prendre mon parti de cet état de fait, mais mon être se révoltait. Je ne voulais pas mourir. Je refusais de subir le sort de ceux qui se résignent à être enterrés vivants. La philosophie ne m'était d'aucune aide. Je me foutais bien de la sagesse.

Parfois, à force de me raisonner, je parvenais à admettre mon sort. J'en tirais la sensation d'un calme inhabituel. La rébellion qui ne manquait de survenir n'en était que plus violente : comme ces condamnés entravés, en apparence apaisés, qui, à la vue de l'échafaud, se mettent soudain à courir et à hurler. Ils ne font qu'aggraver leurs tourments. J'aggravais les miens par mon insoumission. J'éprouvais un sentiment de honte, comme si j'étais l'objet d'une flétrissure non pas seulement physique mais morale.

J'aurais pu avoir recours à des professionnelles pour quêter quelques illusions. La morale ne m'arrêtait pas. Il y avait bien longtemps que cette digue fragile avait cédé. Elle résiste rarement quand on doit affronter des choix essentiels, quand il s'agit de vie ou de mort. C'est un recours pour les temps faciles aux enjeux bénins.

À quoi bon me duper dans un marchandage sans équivoque ? Je ne cherchais pas seulement du sexe, mais à me convaincre que l'heure fatale n'avait pas encore sonné. Je ne voulais pas non plus tromper ma hantise en me collant avec des femmes quelconques, des esseulées en manque d'âme sœur, celles que taraudait la même obsession que moi : vieillir. Tant qu'à me noyer, je préférais me noyer seul. Et puis si injuste et même ignoble que soit ce constat, l'amour est indissociable de la jeunesse, et je n'avais aucune envie de joindre mon infortune à celle de quelqu'un qui me ressemblait.

Cette jeunesse, je savais qu'elle ne viendrait plus à moi comme un fruit mûr. Heureuse époque où je n'avais qu'à tendre les bras ! Aujourd'hui il me faudrait la voler. Ou disparaître dans le regret et l'amertume des élans inassouvis.

2

Je dirigeais une revue d'art d'un certain renom. Elle me valait en France et plus encore à l'étranger une grande réputation et des marques de reconnaissance que j'aurais été tenté de juger bien supérieures à mes mérites. Mais dans ce domaine si fluctuant du monde de l'art où l'imposture s'épanouit sans aucune espèce de scrupule, ni de sanction, ni de réprobation, et où abondent les margoulins de toutes sortes, je me faisais figure d'un honnête trafiquant d'illusions. Du moins je n'étais pas dupe. Cette réputation flatteuse constituait une sorte de royaume aux limites indistinctes qui chevauchait les frontières européennes et culminait à New York. Je régnais sur un peuple de conservateurs de musées, de critiques d'art, de grands amateurs. Tous cherchaient à s'attirer mes bonnes grâces, ce qui est assez exceptionnel dans un monde où ni la paix ni la concorde ne sont de mise. J'acceptais de bon cœur ce privilège en me disant philosophiquement qu'il ne durerait pas et qu'au moindre faux pas je serais piétiné sans pitié. Comme d'autres avant moi. L'art a beau être éternel, la réputation de ceux qui le servent est aléatoire. Aussi, rien ne me semblait plus fragile que mon assise sociale. Seuls le hasard et la chance s'étaient ligués pour m'accorder leurs faveurs. Jeune homme impécunieux, incertain de ma vocation, j'avais remplacé au pied levé un éminent commissaire-priseur terrassé par une dépression nerveuse alors qu'il devait servir de commensal à Paul Getty pour l'accompagner à L'Ami Louis, le célèbre restaurant. J'en fus quitte pour passer la soirée avec ce vieil égoïste, génial et paranoïaque, qui me prit en affection (si ce terme convient à la lubie d'un vieillard dont le sentimentalisme n'était pas la vertu cardinale) et me fit convoquer à chacune de ses escales à Paris pour l'accompagner dans ses escapades gastronomiques. La mort mit fin brutalement à ces dîners aux allures de réquisitions mais non à la lumière bénéfique que cette relation fortuite avait jetée sur moi : on imagina que j'avais joué un rôle de conseiller artistique important alors que mon influence avait surtout consisté à lui traduire les menus, à l'aider à se décider entre des pieds de cochon panés et de l'andouillette, ou entre un chambolle-musigny et un château Latour.

Vers cette époque, de manière tout aussi fortuite, je sauvai d'une tentative de suicide Andy Warhol, alors que je rendais visite à Violet Trefusis, sa voisine de la rue du Cherche-Midi. Une forte odeur de gaz sur le palier m'avait incité à pénétrer dans son atelier dont la porte était restée ouverte. Je le trouvai gisant sur le tapis. J'appelai les pompiers qui déboulèrent de leur caserne toute proche de la rue du Vieux-Colombier : la vue de ces beaux garçons casqués comme des guerriers de l'*Iliade* apparut à Warhol un avant-goût du paradis et le réconcilia avec l'existence. Le fait est qu'il m'en sut gré et me témoigna sa reconnaissance à chacun de ses séjours à Paris. Enfin, plumitif on ne peut plus débutant, je tapai dans l'œil de Francis Bacon dans son atelier londonien de South Kensington où j'étais venu l'entretenir de l'influence que Vélasquez avait exercée sur lui. Ma jeunesse et mon innocence plus que la pertinence de mes questions eurent le don d'enjôler cette sympathique vieille pédale neurasthénique. Il s'amouracha de moi. Pendant plus d'une semaine je devins la proie de ses assiduités. Il m'offrit un tableau représentant un taureau éventré, éviscéré, dans un coin d'arène couvert de sang. Ce tableau trône maintenant chez moi, provoquant l'admiration des visiteurs que je ne cherche pas à détromper même si, dans mon for intérieur, je juge cette œuvre plus provocatrice que véritablement artistique.

Voilà à quels malentendus je devais ma réputation. Je sens que ma franchise va décourager quelques vocations de jeunes gens et de jeunes filles qui pensent que c'est par son seul mérite qu'on s'impose dans le milieu fermé de l'art.

Je devrais pouvoir les rassurer et leur dire que mon cas est exceptionnel. Mais ma fréquentation d'un certain nombre de milieux, dont celui-là précisément, m'oblige à dire que c'est plutôt la reconnaissance de la compétence qui y est rare. La frime, la roublardise, la mythomanie y moissonnent plus de lauriers que le talent et la probité. En tout état de cause c'est ainsi que j'étais devenu un épicentre de l'art contemporain. On me consultait à l'égal d'un Maurice Rheims, d'un Federico Zeri, d'un Anthony Blunt.

Ce qu'on ignorait, outre la fragilité de mon édifice de compétences, en me considérant à la tête de ce royaume peuplé de tant d'adulateurs et de quémandeurs, c'est à quel point je me sentais seul. Seul atrocement, définitivement seul. Comme j'aurais échangé les fades honneurs dont on me comblait contre des lèvres brûlantes et un jeune corps ! Je n'allais pas jusqu'à demander de l'amour. Seulement du désir. Du feu. Assez de cendres !

3

Comme directeur de revue, je recevais de nombreux articles de candidats à la publication. Ils ne brillaient pas par leurs qualités. Le thème de l'art, je ne sais pourquoi, suscite particulièrement la verve des esprits fumeux. Il stimule les songe-creux qui galopent à leur aise dans ces vastes territoires où règne la plus extrême licence pour la divagation. Souvent à la lecture de cette prose marécageuse je pensais à la définition que donne Voltaire de ce qu'il appelle « le galimatias double » : non seulement on ne comprend pas un traître mot de ce que l'auteur a écrit, mais on sent que l'auteur lui-même l'ignore.

J'aurais pu m'épargner la lecture de cette prose indigente qui, chaque jour, s'accumulait sur un coin de mon bureau. Ou du moins confier son expertise à un collaborateur. Mais un fonds de probité professionnelle, plus encore la curiosité m'attiraient vers ces textes. Peut-être dans ce fatras trouverais-je un jour une pépite ? Cette curiosité était le seul antidote au mal qui me gagnait : la résignation. Le jour où je renoncerais à cette astreinte signifierait que je n'attendrais plus rien de la vie. Il n'y aurait plus alors qu'à tirer l'échelle. Car ce tout-venant en dépit de son insuffisance et de sa médiocrité m'éclairait sur l'époque : sous le fatras des mots, je détectais des courants souterrains, des modes, mon époque toute crue.

L'article que je lisais ce jour-là illustrait tout le désordre mental contemporain. En même temps sous un style ampoulé, une syntaxe brinquebalante, des affirmations péremptoires dont la jeunesse a le secret, serpentait comme une petite rivière gazouillante, la fraîcheur de l'esprit du temps. Ce texte traitait de Balthus. Les malheureux peintres se donneraient-ils tant de mal s'ils prévoyaient les inepties et les sornettes qu'ils inspireraient à leurs commentateurs de l'avenir ?

Ce texte m'irritait au plus haut point. J'étais d'autant plus agacé à déchiffrer la pensée obscure qui s'y exprimait que j'y relevais comme des éclairs, des trouvailles qui brillaient au milieu d'un fatras d'idées reçues. Parfois il me donnait brièvement l'illusion du talent, mais deux paragraphes plus loin je déchantais. Pourquoi son auteur éprouvait-il le besoin de truffer son texte de citations de Foucault et de Derrida ? J'aurais dû abandonner ce palimpseste des sottises contemporaines, sachant d'avance que je ne le publierais pas. Mais si maladroit et si raté soit-il, un article révèle beaucoup de son auteur. Un portrait se dessine, une histoire. La signature retint mon attention : Valentina Orlov. Probablement un pseudonyme. Je priai ma secrétaire de lui adresser l'habituelle lettre de refus. Je me promis de ne plus jamais perdre mon temps en lisant la prose de Mlle ou Mme Orlov. Car si elle n'en était qu'à sa première tentative, je présageai un deuxième, voire un troisième envoi. Cette insistance m'agaçait. Pourquoi ne se décourageaient-ils pas, ces candidats à la publication ? Pourtant moi-même à leur âge n'avais-je pas connu aussi des rebuffades ? Forcer la porte des revues sans recommandation est un travail de titan. Justement leur insistance réveillait mes anciennes humiliations. Même si mes premiers articles manquaient encore de ce vernis de compétence qui ne s'acquiert qu'avec le temps, ils étaient très au-dessus de l'indigente prose de Mlle Orlov. Étrangement, je m'appliquai à retenir son nom afin de m'éviter le désagrément d'avoir à la lire à nouveau. Désormais, j'étais prévenu contre elle. Je ne me faisais pas d'illusions : je lirais encore bien des contributions exécrables, je m'énerverais encore, mais du moins je m'épargnerais les productions de Mlle Orlov. Du balai. Liquidée. Aux oubliettes.

4

Je fis un voyage à New York. Indispensable bain culturel dans cette Mecque de l'esprit nouveau. Là encore je dus faire un effort pour sacrifier à ce rituel. Rien n'est plus banal que la nouveauté. Il faut une disposition particulière de l'esprit pour y être sensible. Avoir la foi en ce qu'on fait. Je ne l'avais plus. Les innovations artistiques les plus débridées me paraissaient conventionnelles et laborieuses. Il faisait un froid sec. Des plaques de glace flottaient sur l'Hudson. La neige recouvrait Central Park. Comme à l'accoutumée, je fus accueilli avec empressement. Mais, les manifestations en mon honneur, les toasts flatteurs, les cachets astronomiques avec lesquels on rétribuait mes conférences me laissaient froid. Ils accroissaient mon étrange sentiment d'imposture. J'avais beau me raisonner en me disant que dans ce domaine la concurrence était grande, cela n'apaisait pas ma conscience. J'aurais été probablement moins sensible à ce sentiment si à chaque compliment, ovation, applaudissement, une voix intérieure ne me murmurait : « À quoi te sert tout cela alors qu'il te manque l'essentiel ? » Aussi fuyais-je la solitude où prospérait mon obsession. Mais cette pensée ne me lâchait pas : je la buvais dans mon verre de whisky, je la ressassais au MoMA au cours du dîner qu'on donna en mon honneur. Alors que j'aurais dû être au comble de la félicité, j'avais envie de me jeter du pont de West Side pour engloutir dans les eaux glacées cet être déjeté, moi-même, condamné à ne plus baiser les lèvres chaudes d'une femme aimée.

5

Je revins plus glorieux et plus désespéré. À bord de l'avion qui me ramenait à Paris, installé dans un moelleux fauteuil de première classe, j'avais pour voisine une très jolie femme qui ne devait pas avoir plus de trente ans. Une élégante brune aux yeux bleus dont les cernes exprimaient une lassitude très sensuelle. Probablement originaire d'Europe centrale, de Pologne ou de Hongrie, à en juger par son accent. À peine avions-nous échangé quelques banalités qu'elle s'endormit. Je l'observais avec curiosité et un brin de lubricité tant elle paraissait s'être abandonnée dans le sommeil, offerte à mon regard de manière qui me semblait tout aussi impudique que si elle était nue sur un lit. Se relevait-elle de quelque nuit chaude ? Venait-elle de rejoindre un amant — jeune bien sûr ! —, était-elle mariée ? Comment faisait-elle l'amour ? Trompait-elle son mari ? Toutes ces questions banales qu'on est tenté de se poser en présence d'une jolie femme quand on a l'esprit désœuvré et rien d'autre à faire que de traverser l'Atlantique sans un bon film à se mettre sous la dent. Parfois la belle inconnue poussait une sorte de doux gémissement qui ajoutait à son air langoureux et auquel je ne manquais pas de donner une interprétation érotique. De la voir dormir si près de moi suscitait un curieux sentiment d'intimité. Presque de connivence. S'endort-on ainsi à côté d'un inconnu si celui-ci ne vous inspire pas confiance ? Le parfum qui émanait d'elle, de ses cheveux, sa tête qui semblait chercher mon épaule, la douceur de sa robe grise en cashmere créaient une île chaude et voluptueuse. Une douce torpeur m'envahissait. Une idée un peu folle s'esquissait insensiblement : cette jeune femme n'était peut-être pas là par hasard mais — bizarreries que réserve parfois le destin — avait été désignée par la Providence pour me guérir de la maladie de l'âme qui me rongeait. Était-ce elle l'antidote à ma morosité ? Curieusement, il est des moments où le désespoir et l'espoir se rejoignent : à force de se dire que tout est perdu, brille soudain la lueur d'un miracle. Je me mis à gamberger comme un collégien. Cette belle inconnue allait peut-être me surprendre ? Si résigné que je fusse, je savais que l'existence recèle des trésors insoupçonnés. J'attendais le moment de son réveil avec appréhension. Répondrait-elle à mes espérances ou serait-elle comme les autres froide et indifférente ?

Dans quelles dispositions s'éveillerait-elle ? Plus le temps passait et plus s'ancrait en moi la certitude que le miracle allait se produire. Susciter le désir, est-ce autre chose qu'un miracle ? Dans cette humanité laide et vulgaire, c'est un prodige qui n'a cessé de m'étonner même quand l'âge le rendait sinon légitime du moins explicable. Tous ces couples qui s'embrassent, s'étreignent fougueusement, ont beau rendre ces unions banales, je me suis toujours étonné d'inspirer le désir. Plaire à une femme m'a paru une faveur inexplicable. Que dire alors aujourd'hui que le temps a opéré sa sale besogne ?

Le spectacle de la belle inconnue m'enchantait. J'aurais aimé demeurer ainsi à l'observer, bercé par mes songes, dans cet entre-deux entre le rêve et la réalité. Ainsi je pouvais conserver la bienfaisante illusion qu'elle était à moi.

J'avais eu beau employer tous les moyens pour préserver son sommeil, la défendant contre les prévenances intempestives du personnel de bord, je fus impuissant à les repousser lorsque l'avion fut secoué par un orage. Quand l'hôtesse l'éveilla pour lui demander d'attacher sa ceinture de sécurité, son visage changea du tout au tout : la paix et la douceur s'effacèrent, laissant place à des signes de mauvaise humeur. Elle se redressa en me jetant un regard agressif.

Je lui adressai quelques paroles courtoises. Loin de la dérider, celles-ci semblèrent accroître son agacement. Dépité, je lui accordai un répit qu'elle employa à se poudrer le nez tout en se livrant à d'étranges grimaces devant son miroir de poche. Au moment où elle allait se saisir d'un livre et m'échapper dans la lecture, j'entamai la conversation du ton le plus aimable. Dans ses yeux bleus je vis passer une lueur dépourvue d'aménité. Elle coupa court d'un ton sec à mes avances. Je restai pantois. Cette femme pouvait-elle imaginer — s'en souciait-elle seulement ? — dans quelle désillusion me plongeait son indifférence ? Humilié, je me sentais rejeté, disqualifié à jamais comme candidat, je ne dis pas même à l'amour, mais à la plus inoffensive initiative galante. « Je suis seul, me dis-je, je serai toujours seul, il faut tout simplement l'accepter. » Si ridicule que soit la comédie amoureuse, comme il était douloureux d'en être exclu ! Oui, fin de partie ! J'avais connu le printemps, l'été, maintenant je devais me résigner à l'hiver.

6

Je regagnai mon bureau, l'âme noire. La matinée était douce et ensoleillée comme si cette fin d'hiver voulait offrir un apéritif printanier. Rue de Seine, les étals des marchands de primeurs regorgeaient de fruits multicolores qui parfumaient la chaussée de leurs effluves acidulés. Tout prenait un air primesautier. Des grappes humaines désœuvrées envahissaient les terrasses des cafés pour profiter du beau temps. Mon regard se portait irrésistiblement sur les jeunes filles qui, les yeux fermés, avec une expression extatique, tendaient leur visage vers le soleil. Sous leur tenue légère je devinais leurs seins, la courbe des hanches, parfois un aguichant nombril, des cuisses provocantes. Pourquoi ces jupes si courtes, ces pantalons moulants sur les fesses, sinon pour exciter le passant et chauffer sa lubricité ? Je les observais douloureusement. Aspiré par le spectacle qu'elles offraient, je ne pouvais les quitter des yeux. Leurs appas m'enflammaient. J'imaginais les voluptés que leurs jeunes corps recelaient. Le désir me fouettait le sang. Cet élan que je ressentais vers ces jeunes filles quasiment offertes m'était cruel : il accroissait mon sentiment d'être exclu à jamais de leurs jeux, de leurs plaisirs, de leur monde. Aucune d'entre elles n'assouvirait jamais ma tentation. Et le supplice qu'elles m'infligeaient, en avaient-elles la moindre conscience ? Bien sûr que non : elles étaient murées dans l'indifférence et l'égoïsme de la jeunesse. J'étais pour elles aussi insignifiant qu'un objet, qu'une chaise en paille, qu'un arbre, qu'un panneau publicitaire. J'appartenais au décor, voilà tout. Je ne figurais plus dans aucune programmation de leur corps et de leur cœur. Je n'avais pas plus d'importance à leurs yeux que si j'étais mort.

Autour d'elles, le manège des jeunes gens pour les séduire m'exaspérait. J'éprouvais de la rage devant la facilité avec laquelle des garçons insignifiants se mêlaient à elles, gagnaient leurs faveurs, leur prenaient la main, les embrassaient. Cette aisance sans complexe des rencontres, la liberté qu'elle exprimait me ravageaient. Pourquoi m'était-il interdit d'avoir accès à ce que de jeunes imbéciles obtenaient allègrement ? Ce que j'étais, ce que je représentais, ce personnage social laborieusement édifié, l'expérience, la culture, ne comptaient-ils donc pour rien face à ce privilège idiot dont jouissaient ces godelureaux ? Moi qui de ma vie n'avais jamais été enclin à la jalousie, j'en éprouvais soudain la morsure. Pourquoi eux et pas moi ? Quelle mystérieuse tare me rejetait loin de la vie ? En quoi avais-je mérité cette punition ? La pire qui soit : se sentir soudain étranger au monde des vivants, exilé de leurs ferveurs sensuelles, chassé à jamais de leurs plaisirs.

7

Ma secrétaire me fit un compte rendu précis de ce qui s'était passé en mon absence. J'écoutai cette litanie avec une lassitude que je m'efforçai de ne pas trahir. Elle ne m'épargnait aucun détail. Excellente collaboratrice, elle était la parfaite greffière de cette part de mon existence qui maintenant m'indifférait. Comme j'avais du mal à trouver de l'intérêt à des sujets qui autrefois me passionnaient ! Je me faisais penser à ces prêtres qui ont perdu la foi : ils déambulent dans leur église au milieu de symboles surannés ; dire la messe leur est une corvée ; recevoir la confession un insigne bavardage. Ils donnent l'absolution dans un geste mécanique comme des fonctionnaires du spirituel. Seul le péché garde encore pour eux une saveur épicée : ces péchés qu'on leur livre à voix basse dans l'ombre propice du confessionnal, que non seulement ils n'ont plus le cœur de condamner mais qu'ils jalousent. Les tortures de l'âme et de la chair avide sont le seul lien fiévreux qui les relie encore à un sacerdoce dont le principe est mort. Ces délicieux poisons de la concupiscence, comme je les ressassais moi aussi !

Tandis que ma secrétaire ne me dissimulait rien des menus épisodes du train-train de la revue en mon absence, j'observais son visage. Quel âge avait-elle ? La cinquantaine, une cinquantaine avenante, élégante et soignée. Sous sa blondeur un peu trop éclatante, un visage aux traits fins et des yeux d'un bleu céruléen en faisaient ce que l'on appelle une jolie femme. Plutôt svelte avec une tendance à l'embonpoint contre lequel elle luttait de manière sporadique et désordonnée. Obsédée de régimes alimentaires, elle alternait des périodes d'une stricte abstinence dont elle perdait bientôt le bénéfice en se jetant avec fringale sur un mille-feuille, un mont-blanc. Je l'avais surprise au bureau où elle déjeunait, rompant brutalement avec son habituel œuf dur et ses carottes râpées, en train de s'empiffrer de gâteaux à la crème. Dans son regard j'avais lu une lueur un peu pathétique de honte comme si elle redoutait de ma part un jugement sévère. Pourtant je n'étais ni son mari ni son amant. Elle avait dû être très séduisante car, en plus de son beau visage nordique, elle avait de l'allure et s'habillait avec élégance. D'où venait que cette belle femme ne m'inspirait aucun désir ? Depuis trois ans qu'elle travaillait avec moi, à aucun moment je n'avais été tenté de profiter de la situation. Et les occasions n'avaient pas manqué. Sans forfanterie, tout me portait à croire qu'elle ne se serait pas montrée cruelle. Je la soupçonnais même avec l'invincible orgueil des mâles d'avoir été dépitée d'entretenir avec moi des relations dépourvues d'ambiguïté. Pourquoi, alors que je me morfondais dans la solitude amoureuse, ne cédais-je pas à la facilité en saisissant l'occasion qui me tendait les bras ? Cette question, je ne me l'étais jamais posée avant ce jour.

Oui, pourquoi ? D'où venait que cette belle femme était exclue du périmètre étroit des femmes désirables ? Je l'observais dans la lumière crue de l'indifférence : sur son visage, sous le maquillage, je distinguais d'infimes marques de couperose ; des pattes-d'oie imprimaient leur légère ciselure à la commissure de ses yeux. Pourtant, cela n'ôtait rien à sa séduction. En revanche, quelque chose dans son être semblait insidieusement marqué par la sclérose : le cheveu qui avait perdu de sa vitalité, la peau qui n'avait plus ni éclat ni souplesse ; quant à la chair et aux muscles, à l'évidence ils perdaient leur tonus et étaient guettés par l'avachissement.

Mais ce constat des progrès de l'âge n'expliquait rien. Il y avait autre chose de plus implacable et de plus mystérieux. Comme des signaux invisibles, des fluides, qui émanaient d'elle perceptibles seulement par mon cortex et qui me détournaient d'elle. Une nuance grise qui l'enveloppait, de ce gris qui conquiert peu à peu la peau sur le chemin de la vieillesse et qui triomphe sur le visage des morts.

Avait-elle conscience d'avoir franchi cette frontière secrète ? Le soin qu'elle mettait à se maquiller, le temps passé à arranger sa coiffure dans le miroir de son poudrier, le choix de jupes trop courtes se voulant affriolantes, qui visaient à faire concurrence à la jeunesse, révélaient au contraire sa dure lutte contre un ennemi implacable.

Soudain, je me sentis pris d'un malaise : des sueurs froides, des palpitations, un étau sur la nuque. Sa présence me devint pesante comme si elle s'était importunément imposée à moi. Je résistai à l'envie de la congédier sous un vain motif. Un sentiment proche de la répulsion et du dégoût m'envahit. La cause de ce malaise m'apparut : ce que je détestais en elle, ce que je ne supportais pas de voir, c'était le spectacle de ce que j'étais moi-même. Un exilé du désir.

8

Je pris prétexte de ma fatigue due au décalage horaire pour remettre notre entretien à plus tard. J'allai faire quelques pas quai Voltaire, déambulant au milieu des bouquinistes. Je feuilletai des vieux livres d'auteurs inconnus. Des effluves d'égout remontaient de la Seine qui sous le soleil étincelait comme dans un paysage de Monet. Je m'installai à la terrasse d'un café et, après un thé brûlant, je me sentis à nouveau d'attaque pour affronter ma secrétaire.

Celle-ci ne s'était pas aperçue de mon trouble et comment aurait-elle pu en deviner la raison ? Elle reprit là où nous l'avions laissée la lugubre énumération des messages reçus, des invitations, des demandes de conférence, des sollicitations diverses. C'est fou ce que les gens organisent comme colloques. Et quelle vorace consommation d'intervenants, de conférenciers ils exigent, qui remueront du vent et seront l'occasion de publications aussi fastidieuses qu'inutiles ! Quel théâtre d'ennui ! J'écoutais le son de sa voix, bercé par la monotonie des sollicitations. Soudain, elle prononça un nom qui me fit sortir de ma torpeur. Valentina Orlov. Elle avait téléphoné à plusieurs reprises. Se recommandant d'un directeur du Centre Pompidou, elle insistait pour que je publie sa contribution et demandait un rendez-vous.

Je déteste qu'on me force la main. Et mon humeur ne me portait pas à la mansuétude. J'explosai devant ma secrétaire ébahie. Elle qui pourtant vantait mon équanimité d'humeur demeura interdite. Je m'exclamai : « Dites-lui qu'elle n'insiste pas, qu'elle aille au diable, oui, qu'elle aille se faire foutre ! » Ma secrétaire baissa pudiquement les yeux et sous un fallacieux prétexte me laissa seul. Je retombai dans mon noir abattement, furieux de m'être laissé aller à cet emportement dont la cause dépassait la malheureuse quémandeuse. J'étais révolté, indigné, et je n'avais personne sur qui faire porter la responsabilité de l'injustice qui me frappait. Qui accuser ? La vie, le temps, autant dire personne. Tant de tortures à subir encore sans trouver le coupable. Il ne me restait à défaut qu'à m'accuser moi-même.

9

Je téléphonai à ma femme. C'était ma grande ressource quand le spleen m'accablait. Elle n'était pas comme moi abonnée aux sautes d'humeur. Esprit posé, calme, méthodique, elle ignorait le vague à l'âme. Tout était soigneusement rangé chez elle : sa vie, ses idées, ses émotions. Comme si ses hautes fonctions administratives avaient infusé dans sa personnalité leurs austères vertus cardinales. Sous-préfet en poste à Châtillon-sous-Bois, une petite ville fade et sans charme entre Vichy et Bourges, qui n'est pas connue pour ses extravagances, elle habitait un hôtel de fonction, une bâtisse de style Directoire, ouvrant sur un jardin qui était devenu son tyrannique dada. Je la soupçonnais de passer plus de temps en rendez-vous avec les paysagistes, pépiniéristes, botanistes et autres enseignes jardinières qu'à inspecter les municipalités et à élucubrer des réformes communales. Pète-sec avec les édiles locaux qui la craignaient, elle était tout en douceur et en aménité avec les jardiniers qui la roulaient. Enfin, ils grugeaient l'État comme c'est la règle. Mais ces dépenses, somptuaires pour une petite ville, n'avaient rien de somptueuses. Rien qui pût grever dangereusement les finances publiques ni alarmer la Cour des comptes.

Nous avions, ma femme et moi, adopté un modus vivendi qui déplaira aux âmes romantiques mais qui nous convenait. J'allais la retrouver chaque fin de semaine. J'acceptais son éloignement à Châtillon comme elle acceptait ma vie à Paris. Notre entente rendait jaloux beaucoup de nos amis qui vivaient l'un sur l'autre dans les querelles conjugales, les adultères, que venaient conclure tôt ou tard de pathétiques et douloureux divorces. Nous les regardions avec commisération comme des enfants turbulents qui n'avaient rien compris à la vie et n'avaient pas eu accès à ce secret du bonheur conjugal qu'est le compromis.

Jamais aucune femme comme la mienne ne m'a paru avoir l'âme aussi haute, aussi indifférente à la médiocrité, surplombant la boueuse comédie humaine avec un superbe dédain. Je savais que de sa part rien de bas ne pourrait survenir. Généreuse avec intelligence, n'étant pas le moins du monde rongée par ce bovarysme qui rend tant de femmes instables et volages, elle se satisfaisait sagement des fruits que lui apportait l'existence. Fussent-ils des fruits un peu secs comme le sont les satisfactions administratives. Elle était riche, même très riche, mais ne le laissait pas deviner. Enfant unique, elle avait hérité de la fortune que son père avait réalisée en inventant un système breveté de traitement de déchets. Rien de très chic certes dans cette invention, mais celle-ci avait l'avantage de la mettre à l'abri du besoin. Elle n'en profitait guère. Économe jusqu'à la parcimonie, elle avait un réel don de banquière, ou plutôt celui qu'on demande aux banquiers et qu'ils n'ont pas, à savoir de faire fructifier l'argent qu'on leur confie et non pas seulement d'en donner l'illusion. Ainsi, sans le vouloir vraiment, elle devenait chaque jour plus riche. Logée, nourrie, blanchie par l'État, elle ne voulait pas se séparer d'une antique Peugeot brinquebalante et elle souffrait de devoir faire l'emplette d'une paire de souliers ou d'un manteau. Les produits de beauté, dont elle ne cessait de dénoncer la cherté, qu'elle finissait par acquérir douloureusement, lui semblaient le comble de la dilapidation.

La vie conjugale, comme c'est dans l'ordre, avait calmé nos sens. Après les premières années de lune de miel, nous avions sagement ralenti nos ardeurs avant de procéder insensiblement à une extinction totale des feux. Ce que nous avions perdu en frissons, nous l'avions gagné en paix intérieure. Quel réconfort de pouvoir saisir la main d'une femme qui est plus qu'une amie, plus qu'une sœur; une sorte de double pacifié qui vous tire vers le meilleur de vous-même. Bien sûr, cette entente si proche de la perfection ne baignait pas dans une parfaite clarté. Ma femme donnait-elle des coups de canif dans le contrat, ce qui étant donné nos relations eût été légitime ? Je ne pense pas. Le temps qu'elle donnait à l'administration et à sa passion pour les jardins lui offrait des dérivatifs apparemment suffisants. En tout cas, elle ne me fournissait matière à aucun soupçon. Pour moi les choses étaient différentes. Je n'entendais pas me priver de la griserie des corps tant que les occasions étaient offertes. J'avais connu de ces exaltations intermittentes qui avaient tous les symptômes de la passion, y compris leur durée : brusques, brèves, décevantes. Jamais aucune de ces liaisons n'était entrée en concurrence avec mon épouse. Ces embrasements s'étaient éteints aussi vite qu'ils étaient nés, me laissant l'impression que j'avais été sujet à un moment d'égarement. Si je devais définir d'un mot la relation qui m'unissait à ma femme, je ne pourrais en trouver de meilleur que celui-ci : la sécurité. Cette sécurité que tout le monde cherche en vain et grâce à laquelle on s'autorise de folâtres aventures.

10

À partir d'un certain âge — c'est vraiment le seul bénéfice du temps qui passe — on prend une conscience plus exacte de la valeur et de la durée de ses emportements amoureux. On pressent qu'ils ne tarderont pas à s'évanouir comme des mirages, nous laissant seuls devant ce désert qu'est au fond toute vie quand les illusions ne l'enchantent plus. Désert de l'amitié, désert de l'amour. On sait jusqu'où on peut aller, quelle folle barrière on ne franchira plus. Les objections de la raison si peu opérantes dans le feu de la jeunesse s'insinuent dans notre inconscient pour nous éviter les dangers qu'on n'est plus en mesure d'affronter. On se ménage comme un vieux cheval qui d'instinct renâcle devant les obstacles. Un jour, on regrette ces précautions et ces prudences car plus aucune occasion ne se présente. On a franchi sans s'en rendre compte le cap des espérances. On n'est plus capable de conjuguer le verbe aimer qu'au futur antérieur.

11

Je déjeunais à la brasserie Lipp. Une excellente ressource quand on est dans l'obligation de voir un raseur. On y est certain d'échapper à l'ennui d'un pesant tête-à-tête : le défilé incessant des connaissances qui vous saluent et s'invitent à votre table évite la monotonie d'une conversation languissante. Les interruptions mettent un peu de sel dans un potage insipide. C'est de guerre lasse, après avoir ajourné cette corvée à plusieurs reprises, que je me retrouvai devant des radis beurre avec mon triste commensal : un de ces mécènes que la grande folie financière et ses enrichissements faramineux ont fait pousser comme des champignons après la pluie. Ce polytechnicien ne sachant plus quoi faire de son argent gagné à la tête d'une juteuse entreprise pétrochimique s'était trouvé une vocation d'amateur d'art. Petit homme fluet, qui flottait dans un costume d'alpaga trop grand pour lui, il n'avait qu'une connaissance réduite des arcanes de l'art, mais cela ne l'empêchait pas d'avoir une vocation de Médicis et de rechercher avec une touchante bonne volonté les Michel-Ange, les Léonard et les Botticelli de notre temps. Mais on ne se refait pas : l'amateur était chez lui réduit à la plus simple expression. Il cherchait surtout à dénicher de bonnes affaires. Il me faisait penser à un de ces parieurs de Longchamp qui hantent les paddocks à la recherche d'un tuyau pour le tiercé. Le pauvre bougre n'était pas le seul de sa sorte. Les financiers de son espèce pullulaient. En d'autres temps, j'aurais facilement pris mon parti d'un déjeuner ennuyeux. Mais la crise que je traversais me rendait facilement irritable et impulsif. Peu de gens trouvaient grâce à mes yeux.

Mon invité évidemment n'était pas du genre à dissiper ma mélancolie. Plutôt un éteignoir qui fusillait en vol tout propos fantaisiste et un ennemi déclaré des chemins buissonniers. Sa conversation empruntait les grands boulevards des lieux communs. Il répétait sentencieusement ce que tout le monde pense. Aussi je lui abandonnais une oreille morne. Ce personnage d'allure timorée avait repris de l'assurance en s'installant à table :

il se livrait à l'énumération détaillée de ses mérites et des personnalités qui le portaient en haute estime. Les grands miroirs qui tapissaient la salle du restaurant où se reflétait le tout-venant des arrivants m'offraient une échappatoire : je comptais bien qu'il se trouverait parmi eux un sauveur qui viendrait interrompre le monologue de mon fâcheux.

Soudain je vis apparaître dans la glace, au milieu du ballet des serveurs en gilet noir, une grande et belle fille qui faisait une arrivée sans discrétion. Elle évoluait avec la grâce et l'élégance d'une goélette toutes voiles dehors. Elle avait des cheveux longs d'un roux foncé et une peau très blanche qui me firent penser à un fameux portrait de Burne-Jones. Ce qui me frappa surtout, c'est son air conquérant. Moulée dans un grand manteau en cuir noir qui lui donnait une allure martiale, elle s'adressait sans aménité au maître d'hôtel. Celui-ci lui proposait une table qui la reléguait dans la salle du fond loin du saint des saints où j'étais. Là se gobergeaient les habitués, quelques personnalités parisiennes et des étrangers de marque. Un vivier de convives frétillant, cultivant l'entre-soi et la satisfaction d'appartenir à une caste privilégiée. Après quelques reparties acerbes, elle gagna sa table avec un air de princesse outragée.

Je me souviens de la sensation que j'éprouvai à cet instant : celle d'une brûlure. Cette jeune femme, autrefois, je n'aurais pas hésité à l'aborder, à lui faire porter un mot par un serveur pour l'inviter à ma table. Le même geste aujourd'hui m'aurait paru du plus haut ridicule. Mon âge m'ôtait tout crédit. Pire, il m'ôtait toute audace. J'étais entré malgré moi dans l'ère du renoncement. Ce théâtre de la galanterie si naturel il y a quelques années encore — rituel dont il ne me serait pas venu à l'esprit que je n'y étais pas légitime —, un décret mystérieux m'interdisait désormais d'y prendre part. J'étais hors jeu.

Mon compagnon ne s'aperçut évidemment pas plus de mon trouble qu'il n'avait conscience d'être fastidieux : s'était-il jamais rendu compte qu'il était ennuyeux, qu'il pesait sur ses malheureux auditeurs d'un poids insupportable ? Mais subir cet ennui avec courtoisie, ce qui par éducation et par profession était devenu pour moi une seconde nature, excédait soudain mes forces. J'avais envie de planter là mon raseur. Je dus faire un effort pour maîtriser mon exaspération.

On servit le café. Je voyais approcher le moment de ma délivrance. Je levai la main pour héler le garçon. Je me retournai et me trouvai face à la belle jeune femme qui me fixait d'un regard courroucé. Elle s'adressa à moi sans ménagement :

— On ne vous a jamais dit qu'il est mal élevé de refuser de prendre les gens au téléphone !

— Plaît-il, balbutiai-je, plein de confusion.

J'avais l'impression qu'il s'agissait d'un malentendu et qu'elle s'adressait à un autre.

— Pardon, mais qui êtes-vous ?

— Je m'appelle Valentina Orlov, ça ne vous dit rien ?

La vie prenait un tour vraiment bizarre. La tête me tournait. Comment concilier des sentiments aussi contraires que l'exaspération que j'avais éprouvée devant la prose d'une inconnue et l'émoi que je ressentais quand celle-ci apparaissait dans tout l'éclat de sa beauté ? Les gens qui vous adressent de mauvais articles devraient prendre la précaution d'y joindre leur photo.

12

Bien sûr je lui accordai un rendez-vous. La beauté autorise tous les passe-droits. La sienne ne suffisait pas à modifier la sévérité de mon jugement. Je ne me sentais autorisé qu'à le formuler avec plus de modération. Où irait-on si on se laissait embobiner par toutes les belles créatures qui passent ? Il est vrai qu'elles n'étaient pas légion et que le cas s'était rarement produit. Aussi, étais-je embarqué dans les arguties d'une scabreuse casuistique. Il ne me paraissait ni possible de renoncer à ma déontologie personnelle, ni courtois de me montrer intransigeant. Toute décision n'est-elle pas susceptible d'appel ? Ce qui vaut pour la justice n'est-il pas encore plus légitime quand l'enjeu n'a pas la gravité d'un crime ni même d'un délit ? D'autant que je vivais dans un milieu où on ne s'embarrassait pas de problèmes de conscience. Mes scrupules auraient paru appartenir à la rigueur d'un autre âge. Mais ce qui me distinguait justement de mes confrères, c'était une probité intellectuelle à laquelle j'étais fier de ne jamais déroger.

Elle était devant moi arborant cet air de fierté conquérante des grands narcissiques. Ou des grands fauves. Espèces que le doute ne ravage pas. Je remarquai ses yeux dont la pupille mauve était animée d'une superbe arrogance. Elle ne paraissait pas être outre mesure surprise d'avoir obtenu si facilement un rendez-vous. Cela devait lui sembler un droit élémentaire. Elle me toisait, sûre d'elle-même et de l'ascendant qu'elle exerçait sur moi. Vêtue d'un tailleur en daim qui la moulait et mettait en valeur ses formes généreuses, elle était d'autant plus à l'aise qu'elle devait sentir ma gêne. Une gêne que j'avais du mal à m'expliquer : était-ce sa beauté, son audace, le mépris qu'elle affichait à mon égard, une forme de désinvolture à laquelle je n'étais pas habitué ? Elle représentait un spécimen féminin appartenant à un monde que je ne fréquentais pas. Je me tortillai sur mon fauteuil en proie à un malaise dont à coup sûr elle allait profiter. Pour éviter de la fixer, je tournai mon regard vers la pluie qui tombait dru sur les quais de la Seine, formant un rideau qui évoquait un tableau de Marquet.

Elle prit d'emblée l'initiative des hostilités.

— Je n'imaginais pas que vous étiez à ce point fermé à la modernité.

J'avais l'habitude de ce genre de critique. Cette fois, elle me prit au dépourvu. J'étais blessé de ce qu'elle sous-entendait : que je n'étais plus dans le coup, que j'appartenais à cette engeance dont le goût à l'instar du corps est guetté par la sclérose.

— Vous n'avez pas senti ce qu'il y avait de neuf dans mon approche de Balthus.

Sottement, je tentai de me justifier. C'était une erreur. J'étais tombé dans ses filets et je m'y empêtrais. Aurais-je adopté la même attitude devant une femme qui n'aurait été ni belle ni jeune ? L'aurais-je même reçue ? Sur ces entrefaites, tandis que je bredouillais des justifications, ma secrétaire entra et posa sur mon bureau un message du conservateur du Rijksmuseum. Dans son regard qui s'efforçait à l'impassibilité, je lus qu'elle désapprouvait ma conduite autant que je la désapprouvais moi-même. Pourquoi cette jeune femme était-elle soudain admise alors que je lui avais obstinément fermé ma porte ? L'explication n'était que trop claire.

Curieusement, la sévérité de son regard m'aida à me ressaisir. Je me levai, pour prendre une contenance plus mâle : je cherchai je ne sais quel secours dans ce paysage de Marquet et dans la pluie abondante qui faisait luire la chaussée du quai Voltaire.

— Non, dis-je en me rasseyant, contraint de la contempler à nouveau dans toute sa splendeur, je ne suis nullement fermé à la modernité. Les choses sont plus simples : votre article (je cherchais un qualificatif qui ne fût pas désobligeant), votre article quels que soient ses mérites par ailleurs ne correspond pas à ce que je publie dans la revue.

Je détournai à nouveau la tête. Je n'osais la regarder en face. Je craignais que sa beauté ne me fasse subitement changer d'avis. En même temps j'avais du mal à lui infliger un refus sans appel.

— Il ne s'agit pas d'une décision définitive. Peut-être si vous traitiez un autre sujet. Enfin nous verrons, nous verrons, répétai-je d'un air gêné.

Je me levai pour lui signifier que l'entretien était terminé.

Elle demeura assise.

— Vous n'êtes pas très clair, me lança-t-elle avec une expression féroce qui jeta des éclairs dans ses yeux mauves.

— Moi, pas clair ?

Elle répéta :

— Oui pas clair, vous voyez très bien ce que je veux dire.

Le sang me monta au visage. L'impression que la confusion des sentiments qui m'assaillaient était visible augmentait mon trouble. Heureusement elle se leva et quitta mon bureau sans un mot. Quand elle fut partie, abandonnant derrière elle un parfum de citronnelle, je me sentis à la fois soulagé et accablé. J'étais mécontent de moi. Elle n'avait pas tort : je n'étais pas clair.

13

Elle revint.

Quand, sortant d'un déjeuner, je pénétrai dans la pièce où se tenait ma secrétaire, je compris immédiatement à l'altération de ses traits, à son expression d'exaspération rentrée, qu'il se passait quelque chose d'inhabituel.

— Qu'y a-t-il, rien de grave ?

— Elle est revenue.

Elle désigna la porte de mon bureau d'un geste méprisant.

— Qui ? demandai-je, pour jouer au plus fin et éviter de révéler de manière manifeste l'importance que j'accordais à ma visiteuse.

— La jeune femme de l'autre jour.

— Ah bon, encore elle ! dis-je d'un air faussement naturel alors que le sang battait mes tempes et que je refrénais mon agitation.

Cette visite que je n'avais osé susciter, que de fois je l'avais espérée ! L'idée m'accompagnait sans que j'eusse le courage de la provoquer. En face d'une telle femme ma volonté me semblait inopérante.

Le spectacle qu'offrait la jeune femme était tout différent de ce que j'attendais : affalée sur le fauteuil en cuir, elle n'arborait plus son air conquérant, mais une figure chiffonnée où se lisait une sorte d'accablement. À ses yeux fuyants, ses gestes nerveux et désordonnés, je la crus souffrante. Elle triturait sa chaîne en or de manière compulsive. Elle n'était pas vêtue avec son élégance habituelle : elle s'était contentée d'enfiler un jean et un pull-over à grosses mailles.

Feignant de ne m'apercevoir de rien, je pris un air exagérément jovial.

— Alors vous m'apportez un autre article, quelle bonne nouvelle !

Elle ne réagit pas. Amorphe, elle fixait le mur d'un œil morne.

— J'ai peut-être été trop dur avec vous l'autre jour, un peu injuste même.

Elle esquissa un pauvre sourire qui accentua son expression d'abandon.

— Oui, vous avez été dur, murmura-t-elle d'une voix enchifrenée.

Puis elle balbutia, à peine audible comme si elle se parlait à elle-même :

— C'est normal, je ne peux rien vous apporter. Vous êtes tout-puissant et moi je ne suis rien !

Aïe, aïe, aïe ! c'est le pire discours qu'on puisse tenir avec moi : m'inspirer de la pitié. J'aurais préféré des insultes à ce sentiment qui provoque chez moi des ravages. Pourquoi suis-je né ainsi sans défense face aux sollicitations du malheur ? Tout me bouleverse : un chien errant, une petite vieille qui fouille la nuit dans les poubelles, un aveugle qui tâtonne pour trouver son chemin. Certains se sentent plus forts devant la détresse humaine, moi elle me dévaste.

Pour sortir de cette situation intenable, je me sentais soudain prêt à tout : même à mettre en veilleuse mes principes. Ils me paraissaient dérisoires. D'un ton paternel, avec une voix pleine de sollicitude, je lui proposai de remanier son article.

Elle refusa.

— Je n'en suis plus capable. Je suis nulle.

Se prenant le visage dans les mains, elle répéta :

— Si vous saviez comme je me sens nulle !

Son désarroi m'était insupportable. Que n'aurais-je pas donné pour le faire cesser ? Mais au moment même où j'éprouvais pour elle une sincère compassion, une coupable pensée s'insinuait en moi : quelle meilleure occasion de la prendre dans mes bras pour la consoler, ou l'inviter à dîner ? Après, Dieu sait où cela nous entraînerait. Je répugnai à profiter de sa détresse. Quelle sottise que les scrupules ! Après tout, qu'est-ce que la vie sinon un perpétuel échange ? Elle avait besoin de mon soutien et moi de sa jeunesse. J'essayais de chasser cette pensée mais elle revenait me tenter, donnant à cette corruption toutes les allures d'un acte finalement altruiste. Je me repris. Je lui tendis un mouchoir car des larmes coulaient de ses yeux, imprimant des taches de rimmel autour de ses paupières. Aurais-je toujours la force de résister à la tentation ? Ma seule certitude, c'est que, quoi qu'il m'en coutât, même au prix de mes principes, je publierais son article.

14

Je me retrouvai seul, dans un pénible état de confusion. Au fond, je regrettais mon élégance. Quelle stupide grandeur d'âme ! Pourquoi l'avais-je laissée partir ? J'avais le sentiment d'avoir perdu sur toute la ligne : je n'avais rien obtenu d'elle et mes résolutions d'intransigeance étaient en miettes. J'allais publier un texte inepte et je n'étais pas sûr d'avoir rendu cette jeune femme plus heureuse. Maintenant s'engageait avec moi-même un de ces débats de conscience que je détestais. Comme j'enviais les natures à l'emporte-pièce qui ne doutent jamais d'elles-mêmes ni de leurs actes. Et ma secrétaire ! Comment allais-je affronter son regard ? Je la connaissais assez pour savoir l'interprétation qu'elle allait faire de mon revirement. Je prétextai mille occupations pour ne pas avoir à me trouver devant elle. Par délicatesse, elle ne se manifesta pas. Pas même lorsque l'heure vint de quitter le bureau. Contrairement à son habitude, elle s'éclipsa.

15

Une autre contrariété vint me distraire de mes problèmes de conscience. Tant il est vrai que les ennuis ont l'art de s'enchaîner les uns aux autres.

Depuis longtemps, j'avais l'intention de faire restaurer un joli bureau cylindre de style Empire qui appartenait à ma femme et se trouvait dans sa chambre. La marqueterie s'écaillait sous l'effet du soleil. Je voulais lui en faire la surprise pour son prochain voyage à Paris. L'ébéniste venu chercher le meuble était un grand type roux, au visage tavelé. Chaleureux, sympathique, il avait tout d'un bon vivant comme le sont souvent les Compagnons du Devoir, qui aiment à festoyer. Il s'était fait accompagner de son apprentie, une délicate Hollandaise aux yeux émerveillés qui buvait ses paroles avec une expression d'infini respect. Sa sujétion me fit aussitôt douter de la pureté de leurs relations. Quel âge pouvait avoir ce solide artisan ? La cinquantaine, mais une cinquantaine bien arrosée de vin de Chablis et entretenue par une roborative activité physique. Il avait des mains étrangement fines et blanches pour un travailleur manuel et je ne pouvais m'empêcher de me demander si ces mains si habiles à travailler les bois délicats s'étaient aussi posées sur les beaux seins de la Hollandaise que je devinais sous son corsage. Elle n'avait pas plus de vingt ans et l'écoutait religieusement. Si elle ne prenait pas de notes, c'était tout comme ; je la voyais appliquée mentalement à retenir les paroles que professait son maître — maître jusqu'où ? J'étais moi-même passionné par l'expertise détaillée à laquelle se livrait l'homme de l'art sur ce bureau cylindre, certes de bonne facture, mais dont je n'imaginais pas qu'il fût propre à susciter une telle glose. D'autant que dans ses digressions il se montrait incollable sur les vernis au tampon et la marqueterie en bois de rose. Sa passion volubile et les termes de métier qu'il employait créaient autour de lui une nuée ensorcelante. J'éprouvais une griserie à l'entendre évoquer les secrets de fabrication d'un artisanat qui avait traversé les siècles.

Je l'imaginais dans son atelier, portant un tablier de cuir, maniant ses rabots et sa varlope, assisté de la jeune Hollandaise, qui lui tendait ses instruments. Je les voyais dans le clair-obscur des tableaux de Vermeer, absorbés par le tamponnage, le lissage, dans l'odeur forte que dégageaient les enduits et les colles. Dans cette communion entre le maître et l'apprentie, entre celui qui sait et celle qui veut apprendre, comment des sentiments ne se seraient-ils pas glissés ? Après le labeur et la satisfaction du travail accompli, partageant la griserie d'un verre de chablis, comment leurs mains ne se seraient-elles pas rejointes ? Comment dès lors échapper à la fatalité du désir, à la suggestion d'une étreinte ?

Je sentis un poinçon me percer le cœur. J'étais jaloux. Pourquoi cet artisan avait-il droit à ce bonheur qui m'était refusé, oui pourquoi lui et pas moi ?

Une découverte chassa vite mon sentiment de frustration. L'ébéniste pour emporter le meuble en avait ôté les tiroirs. Se livrant à une minutieuse inspection, il découvrit un tiroir secret dont j'ignorais l'existence. Celui-ci contenait un épais paquet de lettres qu'il me confia d'un air indifférent.

Dès qu'il fut parti, je me jetai sur cette correspondance.

16

C'étaient des lettres d'amour. Que rangerait-on d'autre dans un tiroir secret ? Elles étaient adressées à ma femme. Je crus d'abord qu'il s'agissait de lettres de jeunesse datant d'avant notre mariage. Ce qui rendait cette dissimulation bénigne. Un examen plus attentif me détrompa : certaines étaient récentes. Pire, elles provenaient d'un ami de notre couple, dont je n'aurais jamais imaginé qu'elle pût entretenir avec lui un lien amoureux. Mais ce n'était pas fini : je découvris que leur relation — coupable, il n'y a pas d'autre mot — était ancienne. Avec une curiosité malsaine et même un certain masochisme, je me mis à mettre en parallèle les moments forts de notre mariage, ceux où nous avions connu ma femme et moi la plus harmonieuse entente aussi bien physique qu'intellectuelle, en espérant que dans ces époques-là elle ne recevait pas de lettres de son amant. Je dus déchanter. Les lettres brûlantes qui répondaient manifestement à des missives tout aussi passionnées ne s'interrompaient nullement pendant nos moments de bonheur. Ainsi pendant cinq ans, cette femme que je croyais connaître aussi bien que moi-même m'avait dissimulé une part essentielle de sa vie. Je dus faire un effort pour surmonter le choc et chercher du secours dans un verre de whisky. Ce n'était pas tant mon épouse qui m'avait trahi que la réalité : tout ce que j'avais vécu ingénument n'était qu'une duperie. Et ce mensonge si habilement mené puisque je n'en avais rien soupçonné rendait soudain ma propre vie irréelle. Elle vacillait sur ses bases qui loin d'être solides comme je le pensais n'étaient qu'illusoires. Je passai la soirée à méditer sur cette existence que j'avais cru vivre et qu'éclairait soudain une nouvelle lumière. Rien de ce que j'avais vécu n'était vrai. Ce que j'avais imaginé de plus solide s'effondrait. La sécurité dont je me flattais s'évanouissait. J'avais passé ma vie à côté d'une étrangère.

17

J'étais assis sur une banquette du café de Flore à côté de Valentina : notre image se reflétait sur un grand miroir. Je ne pouvais m'empêcher d'y jeter un œil pour me convaincre de la réalité de ce rendez-vous avec une jeune femme que je ne connaissais que depuis quinze jours à peine. Devant nous, sur un guéridon, gisaient les feuillets épars du fameux article sur Balthus. Mais ce n'était plus la jeune femme dépressive qui avait quitté mon bureau en larmes : lui avait succédé une amazone pétulante et sûre d'elle-même. J'ignorais les raisons de cette métamorphose. La météorologie du comportement des femmes a toujours été pour moi une énigme. Elle ne m'adressait plus la parole de son air soumis et contrit qui m'inspirait de la pitié, elle renouait avec la morgue qui m'avait décontenancé le jour de notre première rencontre. Notre dernier rendez-vous où elle s'était montrée sous un jour si piteux semblait s'être totalement effacé de sa mémoire. Elle tentait même de me persuader qu'elle n'était en rien ma débitrice mais que c'était à moi de lui être reconnaissant de l'honneur qu'elle me faisait en me confiant son article. À dire vrai, je me sentais peu de goût pour améliorer son texte, en supprimer certaines obscurités et les citations prétentieuses. Mais je n'avais pas envie de rompre le charme de sa présence. Pourquoi gâcher pour des vétilles la douceur de frôler ce jeune corps qui exhalait un parfum de citronnelle, que je sentais réagir contre moi. Nos jambes se frôlaient, nos mains se touchaient. Cette intimité me grisait. À chaque fois que je lui indiquais comment reprendre son texte, l'inanité de cette besogne m'apparaissait. Par tous les moyens je m'efforçais de faire durer ce moment où je l'avais à ma disposition, je ne dirais pas soumise car elle protestait à chacune de mes suggestions, mais dans cette sujétion implicite de maître à élève. Une délicieuse torpeur s'emparait de moi. Ma propre voix me semblait celle d'un autre.

Avais-je une chance, même minuscule, pour que cette jeune femme cessât de me regarder comme une sorte de professeur ? Pouvait-il naître de sa part un quelconque sentiment, un désir ?

Je posai ma main sur la sienne tout en lui parlant, d'une manière paternelle, pour appuyer mes arguments. Dès lors l'émotion devint si forte que je ne savais plus ce que je disais. Elle ne retira pas sa main. Moment étrange où je lui tenais un discours à peu près raisonnable, tandis que les pensées les plus folles incendiaient mon cerveau. Quand, sans avoir paru offusquée, elle fit glisser sa main hors de la mienne, j'eus la sensation que tout ce que la vie contenait de précieux s'écartait de moi.

18

Pendant une semaine je ne pensai qu'à la douceur de sa main ; cette main abandonnée un instant si bref, mais dont la sensation persistait avec une insistance troublante. Qu'elle ne l'ait pas retirée m'apparaissait comme un cadeau immérité, une grâce du ciel. Je craignais de m'emballer trop vite. Quel sens devais-je donner à son abandon ? Avait-elle subi mon geste comme une effusion purement amicale ou avait-elle saisi l'intention que j'y mettais ? J'étais partagé entre le désir de conserver le charme de cette illusion et l'impatience de savoir si ce geste pouvait avoir d'autres prolongements. À quoi me servirait de connaître la vérité si elle me signifiait le ridicule de mes espérances ? À rien, à souffrir, à me ronger l'âme. Et pourtant, n'était-ce pas moi qui aspirais à une relation impossible, contrevenant aux lois de la nature et du bon sens ?

Quand un miroir se trouvait à portée, je m'observais sans pitié. La flétrissure de mon visage m'affligeait. Pourquoi ce corps qui avait été un allié fidèle, un complice, commençait-il à me trahir ? Ne l'avais-je pas dorloté, ménagé, lui évitant les excès du tabac, de l'alcool, l'entretenant par la gymnastique, le tennis, le golf ? Rien n'y faisait. Les muscles perdaient leur tonus, une rigidité nouvelle ôtait aux articulations leur souplesse ; l'empâtement, la bouffissure gagnaient chaque jour du terrain. Cet implacable travail du temps sur mon corps, jamais il ne m'était apparu aussi flagrant que depuis que j'avais besoin qu'il se montrât alerte et séduisant. Le pire, c'était ma lucidité : je me voyais tel que j'étais, sans faux-fuyant, sans illusion. Comment dès lors accomplir ce pas nécessaire dans le rite amoureux, remplir la condition sine qua non de la séduction : oser ! Impossible de conquérir un être sans cet élan optimiste vers lui, vers son corps. Mais comment acquérir l'audace de se lancer dans ce combat en ayant conscience de ne détenir qu'une arme débile et peu attrayante ?

J'essayais de trouver un renfort dans mon passé amoureux. Certes j'avais été désiré comme tant d'autres. J'avais inspiré des passions, ce qui n'est pas non plus original. Mais de ces marques d'amour et de tendresse que m'avaient prodiguées les femmes plus rien ne subsistait. Ni le plaisir, ni l'orgueil un peu fat de la conquête, ni même les moments intenses de la volupté. Des cendres, des cendres froides. Les épisodes de cette vie-là me semblaient appartenir à un autre. Moi, ce qui importait de moi, était tout entier dans le présent, même si ce présent débordait sur de brûlants mais aléatoires plaisirs encore à venir.

19

La révélation de la liaison de ma femme avait ouvert une brèche dans l'illusion de sécurité dont je me berçais. Cette découverte faisait des ravages dans mon esprit : ma conception du monde, ma philosophie en étaient bouleversées. J'avais cru à un équilibre, à une harmonie. Cette croyance était en ruine. Je doutais de tout. L'existence n'était qu'un vaste mensonge dont j'avais été la dupe. Ce n'était pas tant sentimentalement que j'étais touché que dans mon irrépressible besoin de me raccrocher à des éléments solides de la réalité. J'étais dans la position d'un historien qui s'aperçoit avec effarement qu'un haut fait indiscutable de l'histoire auquel il a consacré ses travaux n'a jamais existé ; que ce qu'il a considéré comme une vérité n'était qu'une invention.

Que faire des lettres ? Je décidai de les dissimuler avant de les remettre dans leur cachette dès que l'ébéniste aurait restauré le meuble. Je n'avais pas l'intention de parler de ma découverte à ma femme. À quoi cela servirait-il ? À allumer une querelle et à rompre une paix dont nous avions autant besoin l'un que l'autre. Les récriminations et les justifications ne nous mèneraient à rien sinon à souffrir. Cette découverte était dans l'ordre des choses. Un simple retour à la réalité : il fallait que je sois vraiment naïf pour croire qu'un couple pendant de si nombreuses années ne se dissimule rien. Étrangement, cette liaison que je ne soupçonnais pas n'avait nui en rien à notre entente, oserais-je le dire, à notre amour. Au fond, c'était moi et non ma femme le coupable. J'avais construit autour d'elle un édifice qui la protégeait des défauts inhérents à la plupart des femmes — toutes ? — : le mensonge, la lubricité, l'adultère. J'avais besoin de croire à cette idée de la pureté qu'elle incarnait où je pouvais me réfugier quand je jugeais la vie par trop médiocre. De cette médiocrité, je ne m'excluais pas.

20

Assis confortablement dans un fauteuil à une table du restaurant L'Hôtel, rue des Beaux-Arts, je savourais l'ambiance fin-de-siècle, au décor un brin surchargé, de cette salle qui ouvrait sur une terrasse. L'air était tiède pour ce début du mois de mai et portait des effluves de jasmin. J'avais commandé une bouteille de pinot noir bien frais que je dégustais en attendant mon invitée. Elle était en retard. Je ne sais pourquoi, je l'aurais juré. Mais pour un dîner, un peu d'attente ne nuit pas. Sauf que son retard commençait maintenant à m'inquiéter.

Désœuvré, j'observais du coin de l'œil les autres convives. Les quelques couples, hormis les étrangers, étaient manifestement en conversation galante. L'un d'eux surtout attira mon attention : il figurait la réplique ou plutôt la caricature du couple que j'allais former si Valentina condescendait à arriver. Le malaise qu'il m'inspirait était dû autant à la disparité des deux protagonistes qu'à la différence d'âge qui les séparait : l'homme, la soixantaine opulente et gaillarde, le poil gris, la face rougeaude, de ce rouge sang-de-bœuf vernissé des porcelaines Ming, avait l'air d'un sanglier boudiné dans un de ces costumes rayés qu'affectionnent les banquiers. Il gesticulait, lancé avec impétuosité dans une opération de séduction envers une belle blonde d'allure nordique qui n'avait pas plus de vingt-cinq ans. Probablement un mannequin suédois ou norvégien. Perdue dans un rêve, elle semblait indifférente aux bruyants assauts de son Lovelace. Était-ce la différence d'âge entre eux qui me choquait ou le soupçon que ce couple ne s'était pas formé sous l'impulsion d'une attirance réciproque mais grâce à un sordide marchandage? J'espérais de tout mon cœur que, quel que soit le marché, la jeune fille lui offrirait une solide résistance, qu'elle ne se laisserait pas prendre au piège de ses avances, et qu'il en serait pour ses frais. Quelques instants plus tard elle pouffa d'un rire de petite fille. J'en fus navré. Cette idiote ne résisterait pas longtemps à son séducteur.

L'arrivée de Valentina me détourna de ce pénible spectacle. Elle avait plus d'une heure de retard mais elle était là: élégante, portant un fourreau noir largement décolleté qui mettait en valeur son long cou orné d'un collier de perles; étonnamment fraîche, reposée, comme si s'était effacée de son visage toute trace de tracas, de larmes, d'humeur chagrine. Telle que je ne l'avais jamais vue: posée, réfléchie, sans aucun de ces accès nerveux qui laissaient préjuger d'un caractère difficile. C'est à peine si nous abordâmes la question de son article. Cela ne semblait plus être pour elle un sujet de préoccupation. Une affaire classée. Je commis une erreur stratégique: au lieu de laisser filer la conversation sur des sujets futiles et de l'orienter vers des propos galants susceptibles de créer un climat favorable à mes approches, je feignis de m'intéresser à ses origines russes. Je lui posai des questions sans savoir quels démons j'allais réveiller ni jusqu'où cette conversation nous entraînerait. Pourquoi faire semblant de m'intéresser à un passé dont je me fichais ? Seul comptait pour moi le moment favorable qui me permettrait de reprendre la main qu'elle m'avait abandonnée. Et ainsi, qui sait, conquérir peu à peu le territoire de sa peau, découvrir son corps. Délaissant les chemins de la légèreté, j'ouvris grandes les portes de son passé, lui donnant l'occasion de faire défiler les ombres d'une famille vouée à la tragédie. Son récit, frémissant de drames et de souffrances, dura au-delà d'une heure raisonnable en dépit des lampes qui s'éteignaient et des serveurs impatients qui bâillaient. Moi-même, atteint par la fatigue, je sentais mes ardeurs séductrices fortement contrebalancées par une irrésistible envie de dormir.

21

Née sous un signe noir, elle était issue d'une de ces familles qu'on pourrait croire prédestinées au malheur. La tragédie de l'histoire n'avait fait qu'ajouter sa violence et ses déchirements à un héritage de névroses. Dans sa parentèle, on se droguait, on se suicidait, on se ruinait au jeu, de manière aussi régulière que dans d'autres familles on observe la tradition de la messe le dimanche, avant de savourer, dans un silence compact, un sempiternel vol-au-vent, et d'entamer une partie de canasta devant un verre de porto. L'ennui rassurant des unions stables aux progénitures élevées dans la tradition y était ignoré. On était abonné au tumulte, aux cris, aux larmes, aux crises de nerfs. Pas un repas qui ne se terminât sans vaisselle brisée, pas un mariage sans un adultère scandaleux, pas une discussion au club qui ne s'enflammât pour se conclure par un duel. On ne comptait plus les fugues, les voies de faits, même un viol ; quant aux militaires, ils se signalaient par leurs dettes de jeu et accumulaient les mises aux arrêts voire au cachot pour insubordination.

Son grand-père, le colonel comte Orlov, célèbre en Russie — et surtout dans la diaspora des Russes blancs —, avait été à vingt ans l'aide de camp du baron von Ungern, compagnon de ses beuveries, de ses orgies dont les excès égalaient ses tueries et les supplices raffinés qu'il infligeait aux commissaires du peuple qui avaient la mauvaise idée de tomber entre ses mains. Échappant au sort de son chef capturé et exécuté par les Soviets, il avait erré à travers l'Europe, menant l'existence des Russes exilés qui traînaient dans les tripots leur rancœur et leur nostalgie. Guerrier sans guerre, patriote sans patrie, il avait fini par trouver dans le général Vlassov et dans son armée de fanatiques de l'anti-soviétisme un idéal aussi précaire que délétère. Dès lors qu'ils acceptaient de servir de supplétifs aux SS et à la Wehrmacht, l'aventure ne pouvait que mal tourner. Mais pour une âme désespérée, trempée par les humiliations et éprise de vengeance, Vlassov offrait un de ces rêves comme les Russes les aiment parce qu'ils ont un air de panache et de suicide. C'est ainsi qu'il avait fini se jetant dans la Vistule pour éviter d'être capturé par les agents du NKVD.

Le père de Valentina, Vladimir, était né au cours de cette période de dèche et de java à travers l'Europe. Sa mère, une aristocrate tchèque, avait fait une courte carrière cinématographique, figurant dans des rôles secondaires dans les premiers films de Lubitsch. Morphinomane, la tête tournée par le spiritisme, elle ne s'était pas plus que son mari occupée de son fils : à l'âge de dix ans, elle l'avait confié à un pope féru d'occultisme. Mais celui-ci avait dû fuir Budapest après le scandale de sa liaison avec la femme d'un grand constructeur automobile à laquelle on l'accusait d'avoir soutiré plusieurs millions de marks. Réfugié à Sainte-Geneviève-des-Bois, il avait emmené avec lui le jeune Vladimir, lui servant de précepteur et lui inculquant des bribes de culture et tout un fatras de connaissances ésotériques. Le garçon avait grandi dans cette faune de grands initiés et de charlatans qui évoluaient autour de Mme Blavatsky, Lanza del Vasto et Gurdjieff.

Élève à l'école des Roches, grâce à une pension payée par un mystérieux protecteur, on avait découvert à Vladimir tous les dons : beau, mêlant des manières d'aristocrate et la séduction des mauvais sujets, il jouait du piano en virtuose, peignait, parlait quatre langues, mais il avait aussi l'art, funeste héritage familial, de gâcher ses talents, de les dilapider et d'en faire les instruments d'un somptueux ratage. Menant une vie de déclassé condamné à vivre d'expédients, il avait connu les mêmes errements que ses parents mais en les accentuant et en les multipliant. Vieilli prématurément, au bord de devenir une ruine, il avait rencontré dans l'Orient-Express un mannequin, Vera Koren de son nom de guerre, Rose Rousseau de son vrai nom, à laquelle il avait fait un enfant, Valentina. Mais Rose prétendait qu'elle était en réalité la fille naturelle du comte de Bargemont qui avait entretenu sa mère dans un appartement de la rue Godot-de-Mauroy. D'ailleurs, la famille Bargemont s'était occupée de la petite fille et l'avait quasiment adoptée. Valentina avait à peine connu son père, et était au plus mal avec sa mère qui l'avait toujours considérée comme une rivale. D'où une existence solitaire ballottée de pensionnats suisses en collèges religieux, avec pour seul réconfort une grand-mère qui l'avait inscrite aux Arts déco et dont l'héritage lui permettait de vivoter.

Ce récit qui expliquait le caractère original et pour le moins fantasque de Valentina, je n'étais pas fâché de le voir arriver à son terme. D'autant qu'il m'avait fait passer une soirée bien différente de celle que j'espérais. Sous le coup de ses souvenirs douloureux, Valentina semblait à nouveau plongée dans des pensées moroses. Elle se rongeait les ongles et triturait son collier de perles de manière compulsive. Que n'avais-je pas suivi l'exemple de l'adipeux vieux séducteur et de son jeune mannequin : je les avais vus avec agacement quitter le restaurant pendant le récit de Valentina, arborant un air réjoui qui en disait long sur l'emploi qu'ils allaient faire du reste de la soirée. Probablement le petit sanglier arrivé à ses fins était-il en train de se vautrer sur le corps de la ravissante jeune femme dans la chambre même d'Oscar Wilde, tapissée de miroirs témoins de leurs turpitudes. Et moi ? Quel idiot j'étais, quel maladroit ! Quelle idée saugrenue de vouloir confesser une femme au lieu de profiter de l'occasion pour la séduire !

Valentina s'absenta pour aller se poudrer le nez, me laissant affronter seul le regard impatient des serveurs qui espéraient notre départ. Quand elle revint, elle paraissait rassérénée. Elle s'installa sur un canapé moelleux à proximité de notre table et m'invita à m'asseoir près d'elle. Là, se serrant contre moi, elle laissa tomber sa tête contre mon épaule dans un geste affectueux. Je pris sa main qu'elle m'abandonna. Et nous restâmes ainsi un long moment en silence comme un père et sa fille qui se retrouveraient après une longue absence. Toute pensée érotique avait disparu. Ses souffrances d'enfant suscitaient en moi de la pitié. Un sentiment qui est le pire ennemi du désir.

22

Je la raccompagnai chez elle, avenue du Maréchal-Maunoury. Elle habitait dans un des fantomatiques immeubles Walter qui semblent hantés par des ombres. Durant le trajet, nous n'échangeâmes pas un mot. J'étais impressionné par le récit de son aventure familiale : l'Europe en flammes projetait encore sur moi ses lueurs lugubres et crépusculaires. J'étais sous le coup de cette fatalité de malheurs et de ruines qui avait poursuivi ses parents. Je pressentais qu'elle-même n'en était pas indemne. Comment aurait-elle pu échapper à ces poisons ? Sur son visage si pur et si lisse qu'éclairaient par intermittence les lumières de la rue qui pouvait imaginer qu'elle était issue d'un tel héritage de souffrances et de déchirements ? Rien ne le trahissait, pas même la lueur froide de l'iris mauve de ses yeux. Mais derrière cette fresque tragique, ce que je devinais, outre ce compendium de névroses, c'était une lourde suggestion sexuelle. Quand je l'eus quittée devant sa porte, n'osant pas pousser mon avantage par une absurde timidité — ou n'était-ce pas plutôt la peur d'un échec ? —, je me sentis envahi par un double sentiment : à la fois de frustration pour des plaisirs dont j'étais privé et de lâche soulagement pour le prix qu'assurément j'aurais été condamné à les payer. Une femme dotée d'un tel passé ne pouvait que m'entraîner dans sa spirale de malheurs. Déjà je regrettais ma sotte délicatesse et mon manque de témérité. Je repensais à la phrase de Faulkner : entre le chagrin et rien, je choisis le chagrin. Ce risque du malheur, comme j'étais prêt à le prendre ! Que m'importait de souffrir puisque souffrir c'est vivre et depuis si longtemps je ne vivais plus.

23

Le lendemain, je ne sais pourquoi, bien que ce fait n'eût aucun rapport avec ce qui s'était passé la veille, me revint en mémoire un épisode qui m'avait paru sinon banal du moins de l'ordre du fait-divers. J'avais connu, quelques années auparavant, une dame d'âge mûr, bien en chair, chaleureuse, aimant plaisanter, qui, secrétaire de rédaction, avait la charge d'élaborer des maquettes dans des revues auxquelles je collaborais. Un jour, une de ses proches m'appela pour me dire que son amie qui respirait la joie de vivre était morte. Pire, elle avait été assassinée. L'air gêné de mon interlocutrice excita ma curiosité. J'insistai pour en savoir plus. Celle-ci, après avoir hésité, me livra les circonstances de ce crime que les journaux ne tardèrent pas à relater en en omettant, par respect humain, le caractère scabreux. Cette femme, divorcée, vivait durement sa solitude et plus encore la chasteté à laquelle elle était contrainte. Pour y remédier, elle déambulait sur les Grands Boulevards en quête d'hommes susceptibles d'assouvir sa tyrannique libido. Elle les ramenait chez elle, parfois elle allait même jusqu'à les payer pour le service rendu. Un soir, elle avait rencontré un splendide Jamaïcain joueur de banjo qui, comme à l'accoutumée, était monté chez elle. Mais là, après avoir rendu le service requis, le scénario avait tourné à l'horreur. Pris d'un accès de folie, il l'avait égorgée, l'abandonnant morte, baignant dans son sang. Cette histoire navrante m'avait paru à l'époque finalement assez édifiante. Pourquoi cette dame mûre n'acceptait-elle pas son sort, assez commun, avec plus de philosophie, au lieu de prendre ce chemin de la déchéance ? Je plaignais son calvaire, l'injustice dont elle avait été la victime, mais il me semblait, quelque effort de compassion que je puisse faire, que ce châtiment n'était pas tout à fait immérité. Quelle sottise que la morale, quel guide imbécile ! Dix ans plus tard, comme mon point de vue avait changé ! Comme je comprenais cette pauvre esseulée qui rôdait dans les rues en quête d'un être qui, si vil soit-il, l'aidait à interrompre la marche du temps ! Cette femme, c'était moi.

24

Le téléphone sonna chez moi. Saisi d'une funeste prémonition, j'hésitai à décrocher. Cet appel, j'espérais de toutes mes forces qu'il ne se produirait pas. Trop tard, j'entendis au bout du fil une voix doucereuse maintenant exécrée : celle d'Ambroise Duvivier, l'ami dont je venais de découvrir la liaison avec ma femme. Depuis cinq ans ! Cinq années de dissimulations, de mensonges, de faux sourires, d'hypocrites tapes dans le dos. Il me parlait d'une voix dont la fausseté me paraissait si évidente que je me sentais bien niais de l'avoir prise pour celle d'une franche amitié. Tandis que je l'écoutais, je revoyais en surimpression la petite écriture mesquine de ses lettres et les termes mièvres de ses déclarations d'amour à ma femme. Comment avais-je pu trouver cet homme sympathique ? Me revenait en mémoire la litanie de ses flagorneries, son obséquiosité dont je me méfiais avant que ma femme, sottement férue de psychanalyse pour l'occasion, n'en trouve l'explication dans son complexe d'être un fils naturel. Mais ce qui me hérissait le plus, c'étaient les services que je n'avais cessé de lui rendre qu'il accueillait avec des démonstrations outrancières de reconnaissance. Comment ma femme si fine et si intelligente avait-elle pu tomber dans les bras d'un crétin pareil ? Et c'est à cause de son absence de personnalité, de sa pusillanimité, que je ne prenais pas garde à son intimité avec elle : il me paraissait inoffensif ou plutôt sa médiocrité me semblait un mur infranchissable à tout penchant de sa part. Oui, impensable qu'un être aussi oblique pût jamais avoir le moindre attrait à ses yeux.

Et non seulement je n'avais pas été un obstacle à leur idylle, mais sans le vouloir je l'avais favorisée par mon absence de défiance. En dépit du dégoût que ce personnage m'inspirait, je le laissai parler sans que rien dans mon comportement ne pût trahir mon exaspération.

Bientôt je compris le véritable motif de son appel qu'il avait noyé dans de bien inutiles prolégomènes. Il intervenait pour me vanter les mérites d'une jeune critique d'art à laquelle il voyait le plus grand avenir. Et qui était ce prodige ? Valentina Orlov ! Il insistait pour que je publie son texte. C'était trop ! Il me fallut prendre beaucoup sur moi pour ne pas raccrocher. D'autant qu'il ajouta pour donner plus d'attrait à ses mérites :

— De plus elle est ravissante. Et elle n'est pas farouche, ce qui ne gâte rien.

Ce maquerellage porta mon exaspération à son comble. Je prétextai un rendez-vous pour mettre fin à la conversation. Je raccrochai, accablé. L'association de l'image d'Ambroise et de celle de Valentina me faisait l'effet d'une ignoble profanation. S'y ajoutait un lourd mystère : comment, par quel inexplicable biais se connaissaient-ils ?

25

L'été approchait. On sentait dans l'air quelque chose de pimpant. Les rayons du soleil dansaient sur les vitrines des magasins. Une odeur de miel se mêlait aux effluves de bitume et de gaz d'échappement. Mais la marque la plus évidente de la venue des beaux jours et pour moi la plus cruelle se manifestait par le festival des corps qui se dénudaient. Pourquoi les jeunes filles prennent-elles tous les prétextes pour exhiber les parties les plus intimes de leurs corps : partout dans les rues, sur les trottoirs, dans les autobus, à la terrasse des cafés, ce n'était que cuisses offertes, poitrines découvertes, laissant entrevoir un mamelon agressif sous des chemisiers dégrafés. Pour moi, c'était un supplice. J'étais pris dans une farandole de sensualité. Pourquoi venait-on me provoquer, allumer mes sens, rendre vaine toute résolution de résignation ? Les rues offraient tant de tentations. Le désir me brûlait. Parfois, voyant une jeune fille esseulée à la terrasse d'un café, particulièrement aguichante avec sa jupette relevée jusqu'au haut des cuisses, j'avais la tentation d'aller m'asseoir à côté d'elle. La revue qu'elle lisait n'avait pas l'air de la passionner. Elle attendait. Mais quoi, mais qui ? Je m'installais sur le guéridon voisin, espérant sans y croire une invite de sa part. Ou plutôt désespéré de n'avoir rien d'autre à attendre que l'arrivée d'un dragueur audacieux, insolemment jeune, qui allait obtenir ce qu'elle était toute prête à donner. Et il survenait sans autre avantage que sa stupide jeunesse, le primesaut d'un homme qui ne réfléchit pas, qui sait que la vie fournit aux conquérants ce qu'ils désirent. Aussi raide qu'un mannequin en bois, renfrogné, frustré, je voyais se dérouler le scénario que j'appréhendais. Cet espoir déçu me laissait encore plus dépité, appauvri de la perte de mes illusions.

Je rentrais chez moi le cœur navré. Et ces jeunes filles entrevues non contentes de s'être montrées cruelles continuaient de me harceler. Leurs seins, leurs cuisses loin de s'effacer venaient troubler ma solitude. Étais-je un cas unique condamné à vivre dans cet enfer de la concupiscence ? Mais personne n'en parlait. Je n'étais pas le seul de mon âge à me sentir des désirs de jeune homme. Pourquoi les autres se taisaient-ils ? L'explication était simple : la honte ! la honte d'être vieux, hors d'usage.

Sentant la neurasthénie me guetter, n'ayant plus rien à perdre, je décidai de revoir Valentina.

26

Le malheur réserve parfois des surprises : elle accepta mon invitation comme la chose la plus naturelle du monde.

27

Je la retrouvai au bar de Caviar Kaspia, place la Madeleine. Elle avait jeté son dévolu sur ce restaurant chic qui fleurait la Russie d'autrefois. Fauteuils en cuir rouge, lumières tamisées, œufs ciselés à la Fabergé. Une atmosphère raffinée et une opulence qui lui plaisaient. Elle n'avait aucune attirance pour les bouis-bouis qui sentent le graillon et les bistros franchouillards où l'on dîne sur des toiles cirées graisseuses avec des couverts inoxydables. Elle aimait le luxe. Le luxe démesuré de l'ancienne Russie. Nous connaissions l'enjeu de ce dîner même si nous feignions de l'ignorer : nous étions comme deux duellistes qui s'approchent l'un de l'autre le pistolet levé en se demandant qui va tirer le premier. Évidemment l'enjeu était plus important pour moi que pour elle. Je craignais les mots mal interprétés ou les malentendus si redoutables à une ambiance galante. Un rien suffit à tout gâcher dans les entreprises amoureuses, surtout avec une femme aussi susceptible et ombrageuse que pouvait l'être Valentina. Pour l'instant, je la sentais rassurée par ce climat de luxe et de confort. Je l'observais, cherchant dans son comportement des signes encourageants. Elle était dans un de ses jours d'exubérance. La moindre contrariété pouvait briser cet édifice fragile.

J'évitai les sujets dangereux. Je maintenais la conversation dans des généralités pour ne pas lui offrir l'occasion de prendre la mouche, d'autant qu'elle forçait sur la vodka à l'herbe de bison. Les perfides petits verres défilaient devant elle, inspirant à ses reparties ce scintillement de l'esprit que donne l'alcool, donnant à son regard un vague à la fois dangereux et prometteur. Parfois elle perdait sa retenue, sortait des incongruités qui frisaient l'inconvenance. Évoquant une de ses amies qui venait d'être quittée par son amant, elle lança :

— Il faut vraiment être une idiote pour ne pas savoir faire raquer un homme.

Une réflexion de poule que je mis sur le compte de l'alcool. Décidément, ce mélange d'élégance et de vulgarité avait du piquant. Un zeste de courtisanerie qui accroissait la suggestion voluptueuse qui émanait d'elle.

Le dîner tournait à sa fin. Je ne savais comment amener la soirée à sa conclusion heureuse. Je me préparais à des explications emberlificotées. Mais tandis que nous sortions du restaurant, et que la fraîcheur de la nuit plaquait sur nos visages une compresse glacée, elle me lança avec la fragile assurance d'une femme émoustillée par les vapeurs de l'alcool :

— Je sais ce que vous allez me demander, alors autant le faire tout de suite. Allons chez vous.

28

Elle était nue sur le dessus-de-lit en damas rouge. Elle m'attendait avec la nonchalance des grands fauves. Sans la moindre pudeur. Le coude posé sur le traversin, elle fixait un point imaginaire. Indifférente à ce qu'il adviendrait. Rien moins que soumise, orgueilleuse d'avoir devancé un cérémonial hypocrite. Une lueur de fierté éclairait l'iris mauve de ses yeux. J'avais tant espéré cet instant. Il m'avait hanté. La voir ainsi abandonnée à ma merci me glaçait. Elle me semblait au-delà des figures humaines de la réalité : le personnage d'un tableau, la Maja desnuda, l'odalisque d'Ingres, fait pour être contemplé, admiré, mais qu'on ne peut ni toucher ni encore moins saisir. Si j'avais dû l'entreprendre, la convaincre de se déshabiller, forcer peu à peu ses défenses, comme il est d'usage en la circonstance, peut-être sa feinte résistance l'eût-elle ravalée dans une catégorie commune ? J'aurais conquis une à une les parcelles de son corps. Mais sans doute ne souhaitait-elle pas paraître une femme comme les autres. Personne ne la soumettait. Défiant la lumière des lampes de chevet qui l'éclairaient, elle semblait savourer une mystérieuse victoire. M'ôter toute illusion de l'avoir conquise. Se rangeant fièrement dans cette aristocratie hautaine de la galanterie que sont les princesses et les courtisanes. Des femmes qui, quoi qu'elles fassent, où qu'elles descendent dans l'abjection, gardent une suprême maîtrise d'elles-mêmes, laissant la volonté des hommes se briser sur leur corps.

Et ce corps, il cumulait soudain tous les charmes d'avoir été longtemps imaginé, scruté en rêve avec avidité, et de se montrer dans la crudité implacable de la pleine lumière. Le sentiment de l'irréalité m'envahissait. Avoir trop pensé à un être lui ôtait de sa présence sensuelle. Je ne pouvais imaginer que l'homme que j'étais, qui avait vécu dans la plus aride solitude, prêt même à renoncer à ce qui est la saveur de la vie, se trouvait transporté par magie devant le corps nu d'une femme qu'il doutait de mériter. Sans effort, comme s'il se fût agi d'un cadeau du ciel. N'y avait-il pas là un charme suspect ? Une intervention diabolique ?

Je m'allongeai habillé contre elle. Comme je l'aurais fait auprès d'une statue. Une sourde appréhension me faisait retarder l'acte que je devais accomplir. J'avais l'impression non plus de chercher la jouissance dans le corps d'une femme mais d'être appelé à participer aux rites d'un mystère.

Quand je pris enfin religieusement possession de son corps, au sommet de la jouissance, toute ma vie sembla s'écouler de moi, projetant en elle mon ardent désir de vivre, me procurant moins une extase qu'un coma, un coma qui terrassait mon corps, mais laissait mon esprit détaché errer dans cette nuit profonde qu'on soupçonne parfois derrière les étoiles. Un éclair de lumière rouge, intense, incendia mon cerveau. Étais-je mort, étais-je vivant ? Quelle frontière interdite avais-je franchie ?

29

Au lit, il y a les femmes fleuves, alanguies et somnolentes ; il y a les femmes fleurs, odorantes, fragiles et fades ; les femmes pieuvres, souples, silencieuses et avides, qui s'enroulent sur un corps comme autour d'une proie. Et puis, il y a les femmes tempêtes, violentes, bruyantes, acharnées au plaisir. Valentina était une femme tempête.

L'amour réveillait en elle des forces obscures qui se déchaînaient. Le sexe semblait avoir moins pour but d'atteindre la volupté que de libérer des délires, d'ouvrir la voie à de violents tumultes, et de faire surgir des profondeurs de son corps un cri tragique. Avec elle j'hésitais entre la fascination et la peur. Était-ce vraiment moi l'instrument qui produisait cet ébranlement de tout son être ou n'étais-je que le prétexte à l'explosion d'une folie ? Jamais je n'avais été le spectateur de semblables transes tout en ayant conscience de n'y être pour rien. Jamais je n'avais ressenti à ce point l'ivresse de participer à une telle frénésie sensuelle en même temps que mon impuissance à la maîtriser.

30

Je passai le dimanche à Châtillon-sous-Bois dans le confort suranné de la sous-préfecture dont ma femme était la régente. Du Paris turbulent à cette province somnolente, j'avais l'impression d'avoir traversé le siècle. Je tentai de calmer le tumulte de mon cœur dans cette ambiance de bourgeoisie provinciale. L'eau tiède après le feu. Le bromure après la cocaïne. La promenade dans les sous-bois, l'ombre fraîche des platanes, le froissement des feuilles de peupliers sous la brise avaient sur moi un effet lénifiant accru par le rituel compassé d'une sous-préfecture : horaires fixes, personnel amidonné, parquets impeccablement cirés, tableaux de l'école de Fontainebleau d'une honnête médiocrité ; et ce silence particulier aux palais de l'État : aucune radio ne braille, aucune télévision ne déverse ses fadaises. Je m'abandonnais à cet engourdissement, assis dans un fauteuil en cuir, devant la cheminée, une couverture écossaise sur les genoux. Je ne sortais de ma léthargie que pour me rendre dans la vaste bibliothèque aux rayons peints d'un vert acide. Mon épouse, bottée, armée d'un sécateur, se montrait, elle, hyperactive. Attila des ronces et des mauvaises herbes, elle sillonnait la propriété suivie d'un jardinier rugueux qu'elle traitait avec beaucoup d'égards.

Dans la bibliothèque, en attendant l'heure du déjeuner, j'inspectais les rayons, passant d'un livre à l'autre. Je recherchais la solitude. En moi, je dissimulais une boule de feu : le souvenir de ma soirée avec Valentina. Ce que j'avais vécu pendant ces quelques heures me semblait le condensé de tout ce que ma vie avait eu d'intense, de brûlant et d'insensé. En réalité depuis ce jour son image était constamment présente. Avec elle une cohorte d'émotions qui me faisait paraître bien fade mon retour à une vie normale. S'ajoutait une angoisse sur laquelle je ne voulais pas trop m'interroger : quand la reverrais-je ? Y aurait-il une suite à notre nuit ? Je le désirais éperdument tout en me raisonnant : c'était impossible et pourtant ce que je croyais impossible avait déjà eu lieu, pourquoi la magie ne se poursuivrait-elle pas ? La vie n'est-elle pas riche de bien d'autres folies plus étonnantes encore ? Pourquoi m'en exempter ?

Un coin de la bibliothèque était réservé aux livres sur les jardins. Je ne le fréquentais guère. C'était bien sûr le dada de mon épouse. Pourquoi ai-je eu l'inspiration de m'y intéresser ? Un ouvrage attira mon attention : il s'agissait d'une monographie sur les jardins de monastères. Je le feuilletai malgré le dégoût que m'inspirait son auteur : Ambroise Duvivier, l'amant de ma femme, l'ami prétendument platonique, le traître, le Iago. Sur la page de garde, une dédicace infiniment tendre ne laissait aucun doute sur leur intimité. Soudain j'eus une révélation : la passion dévorante pour les jardins qui occupait si fort mon épouse n'était pas née de manière fortuite :

c'est sous l'influence de son amant, pour communier plus étroitement avec lui, qu'elle l'avait contractée. Ce que j'imaginais jusqu'alors être l'essentiel de la personnalité de mon épouse, de son existence, de sa raison de vivre, elle le devait non pas à moi mais à un autre. Moi qui pensais être au centre de sa vie, je m'apercevais avec stupeur que je n'occupais finalement qu'un espace réduit à la périphérie de son existence.

Au déjeuner, je ne laissai rien paraître de mon trouble. Le cadre ne se prêtait guère à un esclandre. Servi dans une salle à manger Directoire dont les boiseries venaient d'être repeintes, par une soubrette en tablier blanc qui virevoltait autour de nous — merci à l'État qui nous faisait bénéficier des avantages qu'il réserve à ses grands serviteurs, merci au Mobilier national auquel nous devions ces meubles raffinés —, je ne voyais pas l'intérêt de rompre une harmonie qui si elle avait reposé sur une confiance durement mise à mal se maintenait grâce à sa force d'inertie. Mon épouse, souriante, d'humeur badine, satisfaite de voir son jardin à son meilleur, explosant de fleurs, ne semblait nullement souffrir de cette situation on ne peut plus équivoque. Quant à moi, quel bénéfice aurais-je tiré d'une sauvage clarification ?

Un incident marqua cependant le déjeuner. Quand je vis qu'avec son habituelle pingrerie — cette fois au profit de l'État — mon épouse faisait servir un vin capsulé, véritable piquette, je tempêtai, faisant dériver mon exaspération sur elle. Elle ne protesta pas et fit immédiatement servir une vieille bouteille de châteauneuf-du-pape, dont ses caves regorgeaient, avec d'excellents nuits-saint-georges, château d'Yquem, et autres grands crus, dont son prédécesseur avait eu la bonne idée de munir la sous-préfecture.

Puis nous reprîmes nos échanges habituels. Soudain, comme prise d'une subite inspiration, elle me lança :

— Ta revue est excellente, mais tu te refermes trop sur le passé. Tu devrais t'intéresser davantage aux créations contemporaines.

J'avais l'habitude de ce genre de reproches.

— Il paraît que tu as refusé un article à une jeune femme remarquable. Une certaine Valentina je ne sais plus quoi. Tu as tort, il faut t'ouvrir à la jeunesse.

— C'est vrai, mais comment le sais-tu ? demandai-je perfidement.

Ma femme rosit légèrement.

— Qu'importe ?

Et elle changea de conversation.

L'ABJECTION

1

De la rue sonore montait l'appel guttural ponctué par le tintement clair de sa cloche d'un rétameur de couteaux. Cette scène anachronique, qui ressuscitait un vieux Paris disparu d'artisans et de leurs pratiques oubliées, m'apporta par la fenêtre ouverte une bouffée rassérénante. La résurgence d'un passé long à mourir me consolait de l'invasion barbare de la nouveauté. Comme l'échoppe des mercières qui maintiennent leur infime industrie en vendant pour trois francs six sous des boutons de culottes, du fil à coudre, des pelotes de laine. Cette mélopée du passé entretenait le charme que je savourais d'habiter rue des Beaux-Arts, dans un quartier qui a la chance d'avoir été épargné par les saccages immobiliers et les rénovations dévastatrices. Je déjeunais seul, servi par une paysanne du Berry, plus fine cuisinière qu'employée stylée, que mon épouse avait mise à ma disposition — emploi fictif octroyé généreusement par la sous-préfecture ? Du moins je le présume. Je ne me sentais aucun goût pour mettre mon nez dans des arrangements qui, d'une bien bénigne prévarication, me faisaient vivre dans un confort que je méritais, éloigné de tout souci matériel, l'esprit libre de m'adonner en toute tranquillité à ma passion de l'art.

Cet appartement, avec ses plafonds bas, perché au dernier étage d'un immeuble XVIIIe, doté d'une vue impériale sur l'École des beaux-arts et le dôme de l'Institut, j'y étais religieusement attaché comme au seul bien que je possédais — en réalité de moitié avec mon épouse —, un bien qui avait une signification autre que matérielle : il m'avait offert la possibilité de m'exprimer, artistiquement parlant, puisque aucun autre don artistique ne m'était dévolu. Il résumait les passions de ma vie : elles vivaient sur les murs au travers des tableaux, des gravures, des dessins que j'avais dénichés — avec un certain discernement, je l'avoue — dans les marchés aux puces, les salles de ventes ou chez d'astucieux marchands d'estampes, comme Paul Prouté, mon voisin de la rue de Tournon. Idem pour les meubles. Hormis bien sûr le bureau cylindre toujours en pension chez l'ébéniste, dont la seule pensée m'inspirait un invincible dégoût. Quand je déambulais dans cet appartement, vaste pour un homme seul — en Russie soviétique, on l'aurait réquisitionné pour y nicher trois familles nombreuses —, j'avais l'impression de parcourir les épisodes marquants de ma vie et les émotions qui s'y rattachaient. Ainsi n'y avait-il pas un centimètre carré qui ne fût l'expression la plus sincère de ce que j'étais, de celui que j'avais été. Chaque objet tintait dans mon cerveau avec la date de son acquisition ; les manœuvres parfois torves employées pour l'acquérir. Des conditions souvent rocambolesques, ou comiques ou même carrément magiques... Comme cette gravure d'époque d'une nativité de Dürer, rarissime, qui m'était apparue plusieurs fois dans un rêve un mois avant qu'un brocanteur un peu filou, qui lui soupçonnait avec quelque raison une provenance suspecte, ne me la propose pour une somme dérisoire. C'était ma première acquisition d'importance. Et quand les amateurs en visite chez moi s'extasiaient devant mon terrifiant Bacon, je lorgnais sur mon chef-d'œuvre, lui faisant un clin d'œil complice.

Car ces objets, je leur parlais et ils me parlaient, oui, et dans un langage beaucoup plus intelligent, je vous prie de croire, que les gloses barbifiantes de maints prétendus spécialistes. La fréquentation de ces objets, à la différence des êtres, ne m'avait, elle, jamais déçu.

Parfois, j'étais pris de panique à l'idée d'une inondation ou d'un incendie qui pouvaient réduire mon univers à néant, sans doute me tuer car je ne m'imaginais pas vivre sans ce qui constituait mon oxygène quotidien.

Dans ma chambre régnait le grand lit qui n'était plus conjugal que par la taille, recouvert d'un grand dessus-de-lit en damas cramoisi. Dès que j'y pénétrais, des images brûlantes m'assaillaient : Valentina nue, triomphante, me jetait un regard fauve. Ce lit où se superposaient les couches géologiques de ma vie amoureuse, souvenirs des émotions et des plaisirs passés, elle l'envahissait par sa seule présence. Comme le passé paraissait fade en comparaison ! Chaque jour la tentation de la revoir me harcelait. Je la chassais. J'avais peur. Cette peur que l'on éprouve avant de se décider à reprendre de l'opium ou de s'adonner à des drogues mortelles.

La bonne grosse Berrichonne me servit du café, un jus tiédasse qu'elle s'acharnait à me concocter en dépit de mes recommandations. Je dominai mon irritation en songeant que j'irais comme à mon habitude prendre un expresso sur le zinc du café du coin. Mais j'avais envie de continuer à me prélasser, comme dans un bain bien chaud, dans cette atmosphère bienveillante, protégé de l'agressivité de la rue. Cet appartement, pour revenir à lui, possédait de bonnes ondes, et ce caractère bénéfique s'étendait au voisinage — les assemblées générales de la copropriété, qui expriment ailleurs les plus basses mesquineries de l'espèce humaine, y étaient presque des parties de plaisir —, il s'étendait jusque dans les bonnes odeurs qui flottaient dans la cage d'escalier : à une matinale odeur de pain grillé succédait à l'heure du goûter le parfum beurré de madeleines à peine sorties du four.

Quelle jouissance de savourer l'instant ! Un déjeuner léger, agrémenté d'un verre de nuits-saint-georges, et couronné d'une onctueuse tarte aux pommes encore tiède, à laquelle je ne résistai pas à ajouter une lichette de crème fraîche, tandis que le soleil venait jouer sur la desserte illuminant les paniers de fruits. Le rouge vif des pommes, le jaune des cerises bigarreaux, les oranges sur lesquelles des tulipes jaillissant d'un vase de Gallé jetaient des ombres mauves, me ravissaient comme des œuvres d'art éphémères. Après tout, avaient-elles besoin du pinceau de Cézanne ou de Manet pour exister ? Il y a aussi un art de l'instant, périssable et savoureux. Pourquoi le dédaigner ?

À cet appartement ne manquait qu'un chat, un chat langoureux qui aurait étiré son échine sur les pieds des fauteuils et fait ses griffes sur les tentures. Le chat, c'était moi. J'en avais la volupté d'être, le goût du calme et de la solitude, l'esprit casanier. Mais cette douceur de vivre, c'était hier. Avant l'angoisse, l'angoisse qui m'enserrait les tempes chaque matin devant ma glace lorsque j'observais rageusement les ravages du temps sur mon visage et sur mon corps. La résignation, cette douce et raisonnable amie, me chuchotait d'accepter l'inéluctable cycle de la vie et pour mon bonheur de ne pas me rebeller.

Le téléphone sonna. C'était Valentina. Elle s'exclama d'une voix étonnamment guillerette :

— Alors, vous ne me rappelez pas ?

2

Comment lui aurais-je résisté ? Mes hésitations disparurent. Je me précipitai vers elle avec la sensation de me jeter dans le vide. J'étais conscient de mon lourd handicap, ce handicap qui empoisonne l'amour en créant une sujétion inégale : le sentiment de ne pas la mériter.

3

Ne pas me mériter ! Elle le prétendait aussi. Bizarrement. Je me gardais bien d'y croire. Je mettais cette lubie sur le compte de l'âme russe, escarpée, excessive, s'abîmant dans la dévaluation de soi pour mieux se ressaisir dans la surestimation. Un orgueil toujours mal placé : trop bas ou trop haut, jamais à sa juste mesure. Objectivement, comme si ce mot pouvait avoir le moindre sens dans un domaine aussi mouvant, j'étais bénéficiaire : mais comment mettre jeunesse et beauté sur un plateau, expérience et position sociale sur l'autre ? Il n'existe dans ce domaine ni poids et mesures, ni Bourse des valeurs, ni marché des changes. Fariboles ! Le privilège de la jeunesse éclipse tous les autres.

Je revois cette époque comme la plus folle et la plus intense de ma vie. La plus heureuse aussi si on peut appeler bonheur la réalisation d'une espérance démesurée. Mais justement c'était l'injustice de ce bonheur qui ne laissait de m'inquiéter : n'avais-je pas visé trop haut en faisant fi de tout réalisme ? Une union aussi mal assortie était-elle viable ? Elle défiait toutes les lois. Elle était une provocation à la morale, un gant jeté au visage de la société. Les chemins buissonniers ne m'avaient jamais fait peur, au contraire j'aimais me singulariser. Le conformisme m'ennuyait. Cette fois, l'aventure me semblait trop extraordinaire pour ne pas contenir un châtiment. Mais, quoi qu'il m'en coutât, pour rien au monde je n'aurais reculé. D'ailleurs, je ne réfléchissais plus : le plaisir obscurcissait tout. J'étais entraîné dans un tourbillon de voluptés qui réduisaient mes expériences de l'amour à de bien innocents jeux d'enfant. C'est que je n'avais jamais rencontré de femme tempête.

Quand elle passait la nuit chez moi, elle jetait son désordre sur les canapés, laissant des épluchures d'orange parfumer la marqueterie des meubles, maculant les tapis persans du jus des poires qu'elle dévorait à pleine bouche. Mon appartement pourtant vaste semblait trop étroit pour elle. Partout elle laissait des traces de sa présence ; la salle de bains inondée, jonchée de serviettes, le salon où elle abandonnait des vêtements semblaient aussi bouleversés qu'après le passage d'une bourrasque. Là où d'autres s'évertuent à ranger méticuleusement, elle s'appliquait à mettre tout sens dessus dessous. Je la soupçonnais parfois d'avoir des origines tsiganes, ce qui pouvait expliquer qu'elle soit à ce point brouillée avec toute notion d'ordre. Quant à la chambre, jamais lieu de plaisir n'a autant exprimé par ses chambardements les folies du sexe : traversin jeté sur le sol, draps malmenés. Son trop-plein de violence non content d'animer ses fureurs dans l'amour avait besoin de s'assouvir en s'en prenant aux objets à portée de main. Elle se promenait nue sans la moindre pudeur, avec autant de naturel qu'un chat vêtu de sa seule peau. Il ne lui serait jamais venu à l'idée de mettre un peignoir ou une robe de chambre. Quand je la voyais ainsi, je ne pouvais m'empêcher de la revoir telle qu'elle m'était apparue chez Lipp. Comment aurais-je pu imaginer que cette créature harnachée de sa cuirasse de cuir, fière et orgueilleuse, dissimulée sous des vêtements de prix, serait un matin, chez moi, dépouillée de tous ses attributs sociaux, déambulant nue comme sur une plage au premier matin du monde ?

Quand j'allais chez elle, dans son petit appartement des immeubles Walter que j'atteignais après une longue marche dans de labyrinthiques couloirs longs et sinistres comme des tunnels, je découvrais un autre versant de son existence. N'eût été le miroir liquide dominant le chevet de son grand lit recouvert de fourrures qui suggérait le lupanar, l'appartement lourdement décoré d'icônes surdorées avait un faux air de chapelle orthodoxe. Des dizaines de bougies allumées accroissaient l'illusion. Une cassolette d'encens brûlait, diffusant un parfum lourd et entêtant.

Des tentures rouges, l'ambiance calfeutrée, les meubles peints, des photos richement encadrées de quelques grands-ducs de la cour de Nicolas Ier, donnaient l'impression d'être dans une île hors du temps. Sur le mur du salon, une toile de Lev Tchistovsky montrait, dans un style prétentieux et maniéré, une femme nue, offerte, allongée sur des draps en désordre : elle représentait la mère de Valentina. Ici, miracle, tout était rangé, le moindre désordre prohibé. Quelle farandole de corps nous faisions, curieusement familiers et lointains, dansant enlacés dans l'eau immobile du miroir sous les lumières clignotantes des bougies, mêlant dans une atmosphère baudelairienne les icônes sacrées, saint Vladimir, à de subtiles dépravations ! Exténué, la bouche en feu, ayant tout exploré des ressources de son corps, j'émergeais de ces transes avec un sentiment d'irréalité. Quand, reprenant mes esprits, je l'entendais me murmurer doucement comme si elle se parlait à elle-même : « Comme vous êtes beau, comme vous me faites bien l'amour ! », j'étais pris d'un terrible doute : étaient-ce bien là les paroles d'une femme amoureuse ? Ou celles d'une courtisane ?

4

Elle ne pouvait se résoudre à me tutoyer. Elle me disait vous, un vous polaire qui m'exilait sur des parois de glace, m’éloignait brutalement d’elle, cassait toute idée d’intimité ; vous, comme à un étranger, comme à un maître. Voulait-elle se protéger par ce pronom contre le danger de s’abandonner à la tendresse ? Vaincre en elle un penchant à la faiblesse ? Parfois, ce vous coupant et acéré m’effrayait : ce n’était plus une amoureuse aux savantes caresses que j’avais devant moi, mais un adversaire. Comme mon tu en comparaison paraissait fade, banal, paternel ; oui, sans ampleur, presque terre à terre. Entre ce vous et ce tu, à jamais irréconciliables, il y avait une distance qui semblait nous condamner à nous croiser sans nous rejoindre jamais.

5

Devant une union aussi disproportionnée, j’aurais dû en bonne logique me poser des questions. Je ne m’en posais aucune. Le plaisir me fermait les yeux. J’étais entraîné dans une étourdissante course folle. Que m’importait l’avenir, j’étais dans le présent. Je le dévorais. Avait-elle un passé ? Forcément ! Quelle est la femme qui n’a pas eu d’amants ? Qui étaient-ils ? Je ne voulais pas le savoir. Avait-elle un autre homme dans sa vie ? Des œillères me préservaient de ce genre de question. Je ne pensais à rien d’autre qu’à ce qu’elle me donnait, ce cadeau d’elle-même, inappréciable, qu'elle me faisait. À aucun moment je ne pensai au prix qu'il me faudrait payer ce bonheur.

Combien de temps dura cette époque bénie ? Un mois, plus, moins ? Qu'importe. Elle me rendait aussi heureux qu'un homme peut l'être quand il se sent aimé, désiré, admiré, par une jolie femme qu'il a le sentiment de ne pas mériter. Elle ne me donnait aucune occasion de douter de la sincérité de son cœur, ni de croire qu'elle me dissimulait la présence d'un autre homme dans sa vie.

Pourquoi faut-il que ce soit moi qui sois allé au-devant d'une dispute en gâchant par ma maladresse une entente que rien ne menaçait ? Quel démon m'inspira ? C'était un de ces soirs où tout concourt à la félicité, chez elle, où dans le parfum de l'encens, devant son miroir, je savourais un de ces moments qui vous justifient de vivre, mieux, de croire en la vie tant elle vous offre de fabuleuses ressources. Sa tête reposait sur ma poitrine dans le silence qui succède aux ébats. Une question surgit sur mes lèvres, que je regrettai aussitôt.

— Pourquoi ne me parles-tu jamais d'Ambroise Duvivier ?

Elle se releva brusquement avec une expression de fureur qui m'effraya.

— Ne me parlez jamais de lui, vous m'entendez : jamais !

Ayant commis une maladresse, je l'aggravai en insistant.

— Quel mal y a-t-il à te poser cette question ?

Tremblante, elle me dit d'un ton cinglant :

— Cela suffit. Je préfère que vous partiez.

Je me retrouvai désemparé dans l'air tiède de l'avenue du Maréchal-Maunoury, errant sous les arbres, accablé, sans parvenir à comprendre pourquoi ma question avait pu provoquer sa colère.

6

Dès lors, je commençai à souffrir. À la punition de l'avoir blessée s'ajoutait la frustration de ne pouvoir avoir une explication avec elle. Elle ne répondait pas à mes appels, me laissant transir dans les affres : se pouvait-il qu'elle ait rompu pour un motif aussi futile ? Enfin, après trois bouquets de fleurs, des lettres dans lesquelles je lui exprimais tout mon amour et le regret de l'avoir froissée, elle me prit enfin au téléphone. Quelle ne fut pas ma joie devant sa résurrection : c'en était une tant je croyais l'avoir à jamais perdue ! Je balbutiais. Elle m'écoutait, silencieuse, me laissant m'embourber dans mes explications : j'avais le sentiment qu'elle n'était plus la femme que j'avais connue, mais un être froid, lointain, à la parole parcimonieuse. Elle accepta de me voir, me concédant un rendez-vous avec un accent de lassitude. Elle était toujours aussi belle, parée de cette beauté particulière aux femmes qu'on a cru perdre, mais son comportement me troublait: elle me parlait, se déshabillait et faisait l'amour de manière mécanique, comme un pantin articulé. Absente d'elle-même, déconnectée de son principe vital. Sous la chaleur de nos étreintes, une paroi de glace s'interposait entre nous. Elle ne se donnait plus avec le généreux emportement qui me grisait. Elle se prêtait, ne m'abandonnant qu'un corps, certes magnifique, mais qui avait perdu son feu.

7

L'agressivité que je ne pouvais diriger contre elle, je la retournai contre moi. Mais je n'étais pas la seule cible de ma rancœur. Il y a quelqu'un que j'avais toutes les raisons de haïr: Ambroise Duvivier. Je l'exécrais comme le responsable de mes malheurs. Le dégoût qu'il m'inspirait nuisait à mon désir d'être instruit sur la nature de ses relations avec Valentina. Par qui d'autre pouvais-je être éclairé sinon par lui? Car la pénible expérience que j'avais faite avec Valentina m'avait passablement échaudé. Quoi qu'il m'en coûtât, je ne répondis pas aux messages qu'il avait laissés sur mon répondeur. Mais dès lors, faute d'informations, j'imaginais le pire: qu'il fût l'amant de Valentina me semblait la plus infernale des suppositions. L'idée de la partager avec un homme aussi vil me mettait au supplice. Peut-être était-ce seulement un ami, une relation de ses parents, un protecteur ? Ces hypothèses auxquelles j'essayais de me raccrocher étaient loin de me satisfaire. Si je n'avais pas aussi bien connu Valentina, j'aurais pu me contenter de ces explications. Mais je savais quelle secrète tyrannie le sexe exerçait sur elle. Dès lors, tout homme devenait une menace. Je ne dormais plus. Mes nuits étaient hantées. Et mes jours rongés par le soupçon. Je buvais cette angoisse dans le verre de whisky où je cherchais un secours. Elle était dans l'air que je respirais. Je humais sa présence, son parfum de traîtrise, sur la peau de Valentina. Un jour, je finis par me raisonner : à quoi servirait de savoir la vérité ? À rien. Je n'aurais pas plus le courage de tuer Ambroise Duvivier que de quitter Valentina. Il fallait être lucide : je n'avais plus la maîtrise de moi-même.

8

Quel réconfort j'aurais trouvé auprès de ma femme si je n'avais découvert l'étendue de sa dissimulation ! Je ne pouvais décemment aller pleurer mes peines de cœur dans son giron. Tout me ramenait vers Valentina : mais loin de m'apaiser elle ne faisait qu'accroître mes craintes. Plus je la voyais plus je trouvais matière à m'inquiéter. Seules me rassuraient ses étreintes. Alors j'avais la sensation qu'elle n'était qu'à moi, dépouillée de son univers d'amis douteux ; son passé équivoque, les questions qu'elle laissait sans réponses, tout s'effaçait, laissant la place à un être purifié par la jouissance. Il y a une étrange pureté dans le plaisir. Il est l'expression d'un être qui ne ment pas. Mais dès qu'elle sortait de mes bras, mon calvaire commençait. Quelles sources d'angoisse inspire une femme en qui on a perdu confiance ! Et encore ne s'agissait-il que d'un soupçon. À toutes les heures du jour et souvent de la nuit j'imaginais les itinéraires qu'elle empruntait dans Paris : où allait-elle ? Qui voyait-elle ? À la multitude des lieux où elle se rendait correspondait l'angoisse d'être trompé. La menace d'un homme qui pouvait avoir le visage d'Ambroise Duvivier, mais aussi celui d'une multitude d'inconnus.

9

Une fin d'après-midi, voulant lui faire une surprise — mais n'était-ce pas plutôt une malsaine curiosité provoquée par la jalousie ? —, je me rendis chez elle à l'improviste pour déposer un cadeau à son intention : un œuf de Fabergé que j'avais déniché aux puces de Saint-Ouen. Les immeubles Walter étaient plus lugubres que de coutume. Je sonnai à sa porte. Un long moment se passa avant qu'elle vînt m'ouvrir, au point que la croyant absente j'allais repartir : elle m'apparut, le visage défait, le regard vitreux, le cheveu en désordre, l'air hagard. J'eus le temps d'apercevoir le lit défait, l'appartement en désordre, et sur la table basse un objet qui me parut ressembler à une seringue. Se tenant au chambranle de la porte comme si souffrante elle allait défaillir, elle balbutia des mots incohérents d'une voix pâteuse. Puis, faisant un visible effort pour reprendre ses esprits, elle me cingla :

— Qu'est-ce que vous faites ici ? Fichez le camp !

Humilié, honteux, je battis en retraite, non sans lui avoir mis entre les mains le cadeau qu'elle accepta sans un mot en haussant les épaules. Elle claqua la porte sur moi.

10

Un soir, d'une manière comminatoire, elle me lança :

— Vous allez m'emmener à Florence. Je veux voir l'exposition Bronzino.

Rien ne m'était plus agréable que cette perspective.

— Mais quand ?

— La semaine prochaine !

Immédiatement se présentèrent à mon esprit les divers obstacles, bouclage de la revue, un rendez-vous de travail à Munich prévu de longue date avec le conservateur de la Pinacothèque, qui rendaient impossible ce voyage.

Je lui pris la main et lui dis du ton le plus conciliant :

— Pas dans une semaine, dans un mois, je dois...

— Non, dans une semaine. Débrouillez-vous. Sinon, tant pis, j'irai avec quelqu'un d'autre.

Quand elle prononça ces mots « avec quelqu'un d'autre » un voile noir m'aveugla. Je balbutiai :

— Je vais m'arranger.

Aussitôt m'assaillirent les incalculables ennuis que ce manquement à mes obligations professionnelles allait me créer.

— Je ne vous force pas, répéta-t-elle, sinon j'irai avec quelqu'un d'autre.

Et je vis dans ses yeux briller une lueur inquiétante. Celle d'une domination sans pitié.

Je la fixai d'un air hébété. Ce qui m'accablait, ce n'était pas tant les contrariétés qui m'attendaient — la satisfaction de ce voyage avec elle en contrebalançait largement les désagréments —, mais ce sentiment bizarre d'être soudain devenu étranger à moi-même et de ne plus m'appartenir.

11

La semaine qui précéda le départ fut bourdonnante d'agitations et de tracas. Je devais tout à la fois réparer du mieux que je pouvais les dégâts que provoquait ce voyage précipité, reporter une foule de rendez-vous importants, mentir au conservateur de Munich, tout en préparant un séjour à Florence en tout point digne du bonheur que j'en escomptais. Après m'être informé sur les meilleurs hôtels, les plus agréables trattorias, fait réserver des places au musée des Offices, je jetai mon dévolu sur un palais situé sur l'Oltrarno — ce quartier ignoré des hordes touristiques était celui que je préférais —, dont le propriétaire, un prince ou prétendu tel, louait de somptueuses suites si onéreuses que je dus m'en faire répéter le prix à plusieurs reprises. Mais peut-on hésiter quand il s'agit d'être heureux ? Pour ce séjour j'étais prêt à faire des folies : il me fallait la plus belle vue sur l'Arno et le Ponte Vecchio, les décors les plus luxueux, pour cette fête qui devait célébrer nos retrouvailles. Peut-être la beauté de la ville, la magie du décor, l'enchantement des promenades le soir, dans les ruelles sonores à l'haleine tiède, auraient-ils le pouvoir d'effacer la glaciale distance qui s'était installée entre nous. Plusieurs jours avant le départ, j'étais déjà à Florence, je caressais cette ville, mais plus encore je caressais le corps de Valentina enfin arraché à ce Paris dont les poisons me faisaient souffrir.

12

Tous mes rêves furent fidèles au rendez-vous : le palais, lézardé à souhait, la suite d'un luxe seigneurial, le prince lui-même dandy décati, pingre comme le sont les authentiques aristocrates — c'est tout juste s'il ne faisait pas payer l'eau courante et l'électricité, il rabiotait sur tout : communications téléphoniques, eau minérale ; la ville sur laquelle les effluves des jardins de Boboli faisaient passer un frisson de fraîcheur ; l'exposition de Bronzino, l'une des plus belles qu'il me fut donné de voir et qui — oh, délice — n'attirait que peu de visiteurs. Tout était à ce rendez-vous du bonheur espéré. Tout, excepté Valentina. Dès le premier soir, prétextant la fatigue du voyage — est-on jamais fatigué quand on est amoureux ? —, elle voulut faire chambre à part : cette maudite suite lui en offrait le prétexte. Dédaignant le grand lit surdoré, au chevet sculpté de putti coquins, qui était une invite à l'amour, elle lui préféra un lit étroit, sorte de lit de camp amélioré. Quand, au matin, à peine sorti d'un mauvais sommeil, je tentai de l'attirer dans la couche royale, elle me repoussa. Je mis cette mauvaise disposition sur le compte du dépaysement. Cette déception m'empêcha d'apprécier à leur juste valeur les œuvres rares qui défilaient devant moi.

Un sentiment de rancœur s'interposait entre les chefs-d'œuvre et moi. C'est fou comme l'irritant désagrément d'être la victime d'une femme qui se refuse — contrariété banale — peut avoir le pouvoir de gâcher l'appréciation d'œuvres immortelles : en filigrane de tant de sublimes portraits, ceux de Lucrezia Panciatichi, d'Éléonore de Tolède, d'Hugolin Martelli, apparaissaient des images scabreuses de Valentina qui me hantaient. Ma frustration m'empêchait de jouir de toute autre chose que de son corps. Lui seul m'importait. L'art, qui toute ma vie avait été un but suprême, était soudain relégué au rang d'une préoccupation dérisoire.

Faillite d'une passion artistique exclusive : moi qui révérais la merveille architecturale du palais Pitti, l'élégance grandiose du Duomo, le Moïse de Michel-Ange, les trésors de la galerie des Offices, je n'avais qu'une idée en tête, troublante, obsédante : rentrer au plus vite dans notre suite et jeter Valentina sur un lit.

La deuxième soirée dont j'attendais qu'elle fût la juste réparation de mon espoir déçu fut aussi décevante que la première. Toujours pas question de faire l'amour. J'essayai de la raisonner. Folie ! pure folie ! Comment faire comprendre à une femme qu'elle doit à tout prix vous céder pour assouvir une exigence plus brûlante que la concupiscence : un rêve d'amour partagé. J'étais moi-même affligé par la pauvreté de mes arguments. Je m'humiliai en vain. Mon insistance gâcha mes dernières chances de la convaincre.

Dans cette nuit chaude, la fenêtre ouverte sur la piazza Santo Spirito toute sonore de la liesse populaire — on célébrait je ne sais plus quel saint —, où j'étais réduit à chasser d'invisibles moustiques, comme les draps me parurent glacés !

Enfin la veille de notre départ, comme elle se refusait à nouveau, se réfugiant sur son lit de camp, je laissai éclater ma colère. Une colère qui venait de loin, à laquelle l'excès de boisson n'était pas étranger — pour tenter d'oublier sa froideur j'avais forcé sur le valpolicella —, mais où se mêlaient son absence de tendresse qui me frustrait et l'image odieuse d'Ambroise. J'étais conscient de ma sottise, mais impuissant à freiner le mouvement destructeur qui m'entraînait. Mon expérience, mon âge auraient dû m'assagir, me montrer la folie d'un tel comportement que j'allais forcément regretter. J'étais lucide, mais incapable de me maîtriser.

Rompant avec mon habituelle compréhension, je me muai malgré moi en mâle brutal. Je lui reprochai de m'avoir proposé ce voyage et de ne pas en accepter les conséquences. Elle m'écoutait d'un air indifférent, assise sur le lit de camp, peignant attentivement ses ongles de pied. Elle me faisait penser à une jeune fille qui laisse passer en sifflotant l'orage d'une admonestation paternelle. Son absence de réaction me poussa à bout.

— Tu n'es qu'une allumeuse !

Elle me fixa avec dans le regard cette lueur mauve qui brillait dans la colère. Et elle se remit à peindre ses ongles. Ma fureur augmentait. Je cherchais des mots pour la blesser. Les arguments que j'avançais pour lui reprocher sa conduite semblaient n'avoir aucune prise sur elle. Ils n'avaient pour effet que de me mettre en face de ma propre grossièreté. Je m'en voulais d'offrir ce spectacle d'un homme qui a perdu le contrôle de lui-même. Mais il fallait à tout prix que je l'humilie autant que je me sentais moi-même humilié, qu'elle souffre comme je souffrais. Je m'entendis dire des mots abjects d'une vulgarité dont je ne me serais jamais cru capable :

— Je t'ai payé ce voyage. Il ne fallait pas l'accepter si tu…

— Vous me prenez pour une pute ? dit-elle en levant la tête.

La colère est comme l'ivresse. Elle m'emportait. Je savais que j'allais trop loin. Désormais plus rien ne pouvait m'arrêter.

— Au moins les putes ne trompent pas sur la marchandise.

Elle se leva sans un mot et partit en claquant la porte. Le bruit m'éveilla de ma torpeur. Je demeurai hébété. « Voilà, me dis-je, tout est fini. Et c'est par ma faute. Pourquoi me suis-je comporté comme un idiot ? » Il fallut un quart d'heure pour que je me ressaisisse. Je courus dans la nuit à sa recherche. Je revins à l'aube sans l'avoir trouvée. Elle dormait dans son lit de camp. Elle ne prononça pas un mot de tout le voyage jusqu'à Paris.

13

J'étais désespéré. Comment avais-je pu me comporter de manière aussi brutale ? J'étais d'autant plus consterné que je ne me sentais plus rien de commun avec le butor du palais de Florence. Comment avais-je pu tenir à une femme aimée des propos aussi insultants ! Ce comportement odieux me semblait irréel, cet homme-là ne me ressemblait en rien. Il incarnait dans son orgueil outragé une race de mâles que je détestais. Pourtant affreusement, hideusement, c'était moi, j'étais obligé de l'admettre. Comme j'aurais aimé revenir en arrière pour pouvoir corriger cette scène, lui ôter sa vulgarité, me débarrasser du rôle que j'y avais tenu ! C'était incompréhensible. J'incriminai la folie, la folie de mon cœur qui me conduisait indifféremment au bonheur ou au malheur sans que je sache pourquoi.

Pendant le procès auquel je me livrais, ne me trouvant ni circonstances atténuantes ni excuses, un soupçon d'abord vague puis insistant se glissait. Pourquoi s'était-elle refusée alors que toutes les circonstances se prêtaient à l'amour : elle avait un autre homme ! Soudain, la raison me semblait évidente. Cette idée m'obsédait. Pourquoi allais-je me compliquer la vie avec des explications spécieuses, je devais revenir à des principes de bon sens. Si Valentina refusait de faire l'amour, c'était pour une raison simple : elle avait un amant.

14

J'étais devant un désert, un désert hérissé de culpabilité et d'angoisse. Valentina était injoignable. Très vite à ma fureur d'être trompé se substitua la peur de l'avoir perdue pour toujours. J'étais prêt à lui pardonner à la condition qu'elle revienne. Je la soupçonnais d'avoir suscité l'incident de Florence afin de trouver un prétexte pour me quitter. Comme un sot j'étais entré dans son jeu. Voulait-elle rompre depuis longtemps ? Quelle était ma part de responsabilité dans sa décision ? Et si elle se décidait à revenir, devrais-je accepter son amant ? Je n'avais qu'une seule certitude : après la faute que j'avais commise à Florence, plus jamais je ne m'exposerais à la décevoir. Je me sentais capable de la traiter désormais, comme je l'avais fait jusqu'alors, avant cette abominable scène, avec compréhension et mansuétude. Ces résolutions n'avaient pas le pouvoir de la faire revenir. Mes souffrances, mon désespoir ne l'émouvaient pas. Son silence me dévastait. Si au moins j'avais pu lui parler, m'expliquer, j'aurais pu sentir si elle me pardonnait. J'étais prêt à tout pour ne pas la perdre. Même à la partager avec un autre. J'avais descendu tous les degrés jusqu'au plus bas de ce que je croyais tolérable. Aucune concession, aucun compromis ne m'arrêterait.

Je n'avais plus ni orgueil ni amour-propre. J'étais vaincu. Mais pourquoi était-ce moi qui lui avais donné toutes les armes pour me vaincre ?

15

C'était un grand dîner. Je m'y étais rendu pour ne pas sombrer dans le désespoir. Je parlais, j'étais capable de tenir une conversation, même de sourire, mais au fond de moi, je me morfondais. Sous les anecdotes que je troussais pour paraître un agréable convive, j'étais un homme détruit. À ma table, offerte par un milliardaire suisse pour la restauration du temple d'Abou-Simbel, j'avais pour voisine de gauche une encombrante mère de famille qui m'énumérait les prouesses scolaires de sa nombreuse progéniture ; à ma droite je n'étais pas mieux loti : un bas-bleu péremptoire, à denture chevaline, qui semblait s'être drapé dans le rideau de son salon, s'était mis en tête de faire mon éducation artistique. Les autres convives évoquaient avec un intérêt passionné un scandale financier qui avait mis en cause les pratiques frauduleuses des plus réputés banquiers de la place de Genève. Cette conversation-là me paraissait plus intéressante. Du moins, j'espérais y piocher les noms de quelques connaissances dont les malversations leur devaient de mordre la poussière. Bientôt, un de mes voisins dont le visage m'était familier, râblé, les petits yeux enfoncés, les incisives saillantes, il faisait penser à un sanglier — depuis le début du dîner je cherchais à quelle occasion je l'avais rencontré —, narrait les mésaventures d'un financier assez fameux parce qu'il avait nourri aussi la chronique galante. Ce Roberto au bord de la ruine et de la prison semblait plutôt sympathique d'après la description qui en était faite. Un naïf abusé par des aigrefins plus malins que lui. À cet instant, un homme replet, dont les poils en désordre de la chevelure ébouriffée faisaient irrésistiblement penser aux anciennes têtes-de-loup dont on se servait pour chasser les toiles d'araignées, ne résista pas au plaisir d'achever le malheureux banquier dont on prédisait la chute imminente.

— Je le connais. C'est un ami. Je l'avais prévenu. C'est une femme qui l'a perdu.

— Une femme, se récria-t-on, mais d'habitude c'est lui qui les maltraite !

— Son épouse est une sainte, me murmura la mère de famille nombreuse.

— Cette femme, je ne peux pas vous révéler son nom. Elle est redoutable. Elle l'a lessivé en moins de temps qu'il ne faut pour le dire.

On fit chorus :

— Allons, allons, quel est son nom ! Est-elle belle ? D'où vient-elle ? Est-elle suisse ?

Il résistait.

— Puisque je vous dis que je ne connais pas son nom ! La seule chose que je peux vous dire, c'est qu'elle est très belle et très dangereuse. Normal, c'est une Russe.

Quand il se mit à en faire une description physique détaillée, qui laissait peu de marge au doute, je pâlis. J'essayai d'obtenir plus de renseignements, mais la conversation avait tourné vers un autre sujet manifestement plus crucial. Soudain, au lieu d'être éclairé sur ce qui me tenait vraiment à cœur, j'eus une illumination : cet homme qui ressemblait à un sanglier, je me souvenais quand et dans quelles circonstances je l'avais vu : c'était au restaurant L'Hôtel rue des Beaux-Arts, en compagnie d'un ravissant mannequin suédois qu'il avait probablement séduit. Quant à la belle Russe…

16

Sur ces entrefaites, mon épouse débarqua à Paris. Elle était requise au ministère de l'Intérieur pour une assemblée préfectorale. Cela me faisait toujours une impression bizarre de la voir chez moi — chez elle, puisque, en dépit des apparences, nous étions toujours mariés. Du coin de l'œil, elle inspectait l'appartement, attentive à ce qui pouvait avoir changé, nouveaux meubles, tableaux récemment acquis, flairant sans en avoir l'air la trace de je ne sais quelle présence féminine.

Pendant le dîner, elle se montra détendue. Contrairement à son habitude, elle ne semblait pas préoccupée par ses tâches administratives ni obnubilée par ses entreprises horticoles. Soudain, au milieu d'une conversation presque badine, elle me lança :

— Si nous divorcions ? sur le même ton dégagé qu'elle m'aurait demandé des nouvelles d'un ami lointain.

— Tu as quelqu'un dans ta vie ? demandai-je, interloqué.

— Et toi ?

Je m'en tirai en esquivant sa question.

— Rien d'important.

— Ce n'est pas ce qu'on me dit.

Curieusement elle n'insista pas.

17

— C'est moi ! Quand nous voyons-nous ?

J'avais Valentina au bout du fil. Depuis un mois, message après message, bouquet de fleurs après bouquet, rien n'avait eu d'effet. Et soudain quand je ne l'espérais plus, elle sortait de son silence, semblant avoir tout oublié de notre dispute. Quand elle vint chez moi, je tentai de m'excuser, mais elle coupa court à mes explications.

— Vous êtes bien français, me dit-elle de

manière sibylline. Tout cela n'a aucune importance. Je suis revenue. J'ai faim. Allons dîner.

Et elle s'installa chez moi. Commença une des époques les plus troublantes de ma vie. Que d'impressions me traversaient ! Quelle saveur avaient ces instants arrachés par miracle au néant ! Elle ne devait pas revenir et elle était là. Parfois la nuit je m'éveillais en sursaut, craignant qu'elle n'ait disparu, et je la serrais contre moi, savourant la présence de son corps. Une angoisse diffuse me tenait en haleine : ce bonheur — peut-on appeler bonheur une joie faite de tant de terreurs surmontées ? —, combien de temps durerait-il ? Je craignais sa nature lunatique, je doutais qu'elle pût se satisfaire de cette paix si peu en accord avec son tempérament aventureux. J'étais heureux, oui, mais comme un homme qui dort à côté d'une bombe qui peut éclater à tout moment. Ce n'était pas seulement son caractère fantasque qui m'inquiétait, son tempérament versatile, cette forme de folie que j'attribuais à l'âme russe qui l'habitait et pouvait expliquer sa conduite. Ce qui m'ôtait tout pouvoir sur elle, c'était sa jeunesse.

18

En cachette, comme un malade qui lit des ouvrages consacrés à sa maladie, j'avais besoin de lire les écrivains qui avaient ressenti le mal dont je souffrais : comment aimer une femme jeune quand on a atteint ces rivages dont on a le sentiment qu'ils rendent l'amour impossible ? Je me souvenais des livres dans lesquels ils avaient évoqué leur liaison avec des femmes plus jeunes. Autrefois j'avais lu leurs textes avec indifférence. J'y voyais une simple rhétorique, l'occasion d'un exercice de style, comme s'ils rabâchaient un thème obligé. Tout cela m'avait paru très littéraire. Avec le recul, depuis que j'étais sujet au même mal, je mesurais les souffrances qu'ils avaient endurées. Je piochais dans des textes peu connus de Chateaubriand pour trouver la trace des blessures que lui avait infligées Hortense Allart. Je retrouvai des lettres toutes palpitantes de son calvaire. Il y avait je ne sais quoi de pathétique dans les élans de ce vieil homme vers une femme jeune qui le trompait. Il l'acceptait. Que pouvait-il faire d'autre ? « Adieu, magicienne, volage, trompeuse et toujours aimée. » Et Valéry qui souffrait de voir Jeanne Voilier chercher auprès d'autres hommes les plaisirs qu'il n'avait plus la vigueur de lui donner. « Tu étais entre la mort et moi, mais, hélas, il paraît que j'étais entre la vie et toi. » Pourquoi avais-je lu ces écrivains sans partager leur drame ? Aujourd'hui, ils me parlaient une langue intime, c'est à l'oreille qu'ils me chuchotaient leurs plaintes contre l'injustice de la vie.

19

Valentina avait changé. Calme, apaisée, elle paraissait si différente de la femme que j'avais connue que cette transformation m'inquiétait. Elle semblait maintenant vouloir entretenir avec moi une liaison stable. Parfois dans la conversation elle faisait des allusions au mariage. Je feignais de prendre ses propos comme une plaisanterie ou une nouvelle lubie. Qu'elle pût imaginer une relation durable avec moi — un homme de mon âge ! — me touchait. Elle me posait des questions sur mon épouse, sujet qu'elle n'avait jamais évoqué. Elle voulait savoir pourquoi je l'avais trompée, pourquoi je ne faisais plus l'amour avec elle, oui, tous ces pourquoi qui tissent l'intimité d'un couple. Elle m'interrogeait d'une manière que je trouvais un peu insistante sur notre vie sexuelle et les raisons de notre éloignement. Je mettais cet intérêt nouveau pour mon épouse sur le compte de son désir de se ranger. N'était-ce pas une attitude normale à son âge de songer à avoir une vie stable, à fonder une famille — même si le choix de son futur conjoint, moi en l'occurrence, pouvait sembler aventureux. L'âge était là, toujours l'âge. Je caressais sans y croire cette idée de mariage — comme un voyage idyllique auquel on aime songer tout en sachant qu'on ne le fera pas. La dernière conversation que j'avais eue avec mon épouse me montrait qu'en tout état de cause celle-ci ne s'opposerait nullement à un divorce. Nous serions même capables de montrer en la circonstance la même élégance et la même maîtrise de soi que dans notre si bizarre arrangement conjugal, qui faisait l'admiration de nos proches. Nous resterions amis, ce que nous avions au fond toujours été.

Évidemment, convoler à mon âge avec une femme si jeune risquait de faire jaser et même de choquer. Combien d'acteurs, de peintres, de metteurs en scène ne s'étaient pas embarrassés de ces stupides préjugés ! Et ils menaient des existences ni plus ni moins malheureuses que les autres.

J'avais recommandé Valentina à un célèbre galeriste qui avait trouvé à l'employer.

Voilà, j'étais heureux, si le bonheur consiste à savourer l'instant présent, à attendre le meilleur de l'avenir, sans chercher inutilement dans le passé des raisons d'être inquiet.

20

Mais le bonheur finit par sécréter ses propres poisons. Obscurément, je savais que sa sauvegarde tenait à ma faculté de savoir fermer les yeux. Si quelque chose me paraissait suspect dans son comportement, rendez-vous mystérieux, retards inexpliqués, emploi du temps brumeux, je dominais ma curiosité. N'est-ce pas là le secret d'une bonne entente avec les femmes, surtout avec les femmes tempêtes comme Valentina ? Devant ses explications embarrassées pour justifier une absence qui semblait louche, je m'appliquais à ne lui poser aucune question. Jamais je ne cherchais, même en face de ses mensonges les plus criants, à relever ses contradictions. L'âme franciscaine que je déployais absorbait l'agressivité qui surgit sans cesse dans l'existence d'un couple. Je vivais dans une sorte d'apesanteur. Je ne souhaitais pas sortir de cette bulle préservée des atteintes du monde extérieur. C'était compter sans les autres.

En l'occurrence, l'offensive contre ma quiétude vint d'un ennemi auquel je ne m'attendais pas. La seule personne que je n'aurais pu soupçonner de malveillance tant sa nature, primaire, mal dégrossie, semblait dépourvue de perversité : Jacotte, la Berrichonne qui me servait avec un dévouement de berger allemand. Un dévouement qui contenait dans son absolutisme jaloux un danger que j'étais loin de prévoir. N'ayant pas d'homme dans sa vie, n'en ayant jamais eu, vouée à un célibat de nonne, n'ayant pour passion que la cuisine, le lieu où elle régnait et les plats qu'elle y mitonnait, j'étais son dieu. Un dieu docile et bienveillant qui, du haut de son Olympe, la laissait régenter à sa guise l'organisation domestique. Mais Jacotte si raisonnable en tout, si pleine de bon sens, avait une faille quasi héréditaire : berrichonne, elle appartenait au pays des superstitions, de la magie noire, des spectres en chemise, du sabbat des sorcières. Elle se signait à tout propos, suspendait des gousses d'ail dans les lieux les plus inattendus, et croisait des couteaux dans une symbolique qui m'échappait.

Tout dans son comportement — je lisais sur son visage à livre ouvert — montrait qu'elle n'aimait pas Valentina — c'est peu dire, elle l'exécrait. Ne supportant pas la place qu'elle occupait dans ma vie, elle cherchait toutes les occasions de lui être désagréable et de lui nuire. Tantôt c'était un vêtement qui disparaissait ou des ustensiles de maquillage qu'on retrouvait dans la poubelle. Une fois même Valentina l'accusa de lui avoir versé prétendument par mégarde de l'eau de Javel dans un verre.

Un soir que j'étais seul, elle me prit à part. Après avoir fermé les portes d'un air soupçonneux, elle se planta devant moi, le visage congestionné, le regard tragique. Sous l'effet d'une sorte d'indignation qui la faisait trembler, elle semblait chercher des mots qui ne venaient pas. Puis, les yeux exorbités, elle débita d'un trait :

— Il faut vous méfier de cette femme. Elle a le mauvais œil.

21

Jacotte n'était pas femme à lancer des affirmations sans en apporter la preuve. Elle livrait un combat contre une intruse et pour mon bien. Tous les moyens lui étaient bons pour parvenir à ses fins. L'ennemi devait être démasqué et mis hors d'état de nuire quoi qu'il en coutât aux autres, quitte à mettre en péril ses propres intérêts. Elle mit toute sa passion au service de cette funeste cause, contrevenant à mes recommandations de se calmer.

Elle fit un jour irruption dans ma bibliothèque, sachant que j'y étais seul. Son visage exprimait une jouissance primaire qu'elle s'efforçait de dissimuler sous un air modeste et soumis. Elle me tendit une lettre décachetée adressée à Valentina.

— Voilà ce que j'ai trouvé, dit-elle en baissant les yeux.

— Où l'avez-vous trouvée ?

— Par terre en faisant le ménage.

Cette version était à l'évidence fausse. Elle l'avait probablement dérobée dans son sac.

— Merci, Jacotte, je vais la lui rendre.

Sur son visage apparurent les symptômes d'une grande déception.

— Monsieur ne veut pas la lire. Pourtant il devrait…

Je pris les choses de haut.

— Il n'est pas dans mes habitudes de lire les lettres qui ne me sont pas adressées.

Jacotte tourna les talons, de mauvaise humeur, humiliée dans sa fidélité.

Il me fallut une certaine fermeté d'âme pour ne pas me précipiter sur la lettre qui me brûlait les mains. Je résistai, me promettant de respecter ma ligne de conduite concernant Valentina : ne jamais aller au-devant de ce qui risquait de me faire souffrir et par conséquent me garder de toute curiosité mal placée. Néanmoins, la tentation était grande. Cette lettre avait le pouvoir de me rassurer autant que de m'accabler. Peut-être après tout ne s'agissait-il que d'une inoffensive missive amicale ? Quel délice alors de sentir la jalousie relâcher son infernale pression ! Mais à voir l'insistance de Jacotte à me la mettre sous les yeux je craignais le pire. Ce pire, qui dans toute vie se présente un jour ou l'autre, pourquoi devancer sa venue ? Je balançai ainsi un long moment. Je décidai lâchement de fermer les yeux. Mais soudain, mû par une pulsion irrésistible, j'ouvris la lettre. Ce que je lus, les mots d'amour tout humides et chauds des caresses qui les avaient suscités, ne me laissa aucun doute. J'étais trompé. Valentina avait un amant. Tout ce que j'avais vécu avec elle, ce bonheur factice, était aussi vaporeux qu'une illusion. Devrais-je encore me taire pour tenter de sauver une entente mensongère ? Tout en moi criait l'indignation. Tout mon être protestait contre cette humiliation banale dont chacun s'accommode lâchement : être condamné au simulacre de l'amour.

22

Je ne laissai rien voir. Quel effort de volonté je dus faire pour réprimer ma colère ! Mais un grand amoureux quand il souffre voit se développer en lui une intelligence de stratège, des qualités de dissimulation dont sont seuls capables les hommes d'État. La sauvegarde de mon plaisir était au fond plus importante que la blessure faite à mon orgueil. À quoi me serviraient les scènes et les reproches sinon à provoquer une nouvelle brouille et surtout une mauvaise humeur dont la conséquence immédiate serait un refroidissement à mon égard et la privation immédiate des jouissances qu'elle me donnait ? Le combat avec moi-même n'en était pas moins douloureux. Combien de temps aurais-je la force de rester fidèle à ma résolution de silence ? La révolte qui bouillonnait en moi se calmerait-elle ? Rien sur mon visage ne trahissait mon tumulte intérieur. Jamais Valentina n'aurait pu soupçonner ce soir-là les tortures que je subissais. Je les dissimulai sous l'humour et des sourires forcés.

Mais, à commencer de ce jour, l'idée de cet amant fut présente en permanence entre Valentina et moi ; son ombre obsédante s'interposait entre nous. Pas un mot, une anecdote, un sourire que je n'interprète comme une allusion à sa vie cachée. Pendant le dîner, servi par Jacotte qui arborait un air renfrogné, je ne montrai aucune agressivité, ni même aucune nervosité. Sous ce comportement faussement enjoué, j'étais dévoré de questions : qui était ce V, signataire de la lettre ? Je cherchais un Vincent ou un Vic ou un Valery de sa connaissance. Cet amant prenait des proportions fantastiques, il s'étendait dans l'espace aussi pernicieuse, invisible et empoisonné qu'un gaz méphitique.

Pas une seconde je ne cessais de penser à lui. Il s'insinuait profondément dans mon être, gâchant mes plaisirs, hantant mes insomnies, rendant insupportables les absences de Valentina et pis encore ses retours au parfum de trahison. À l'éphémère satisfaction de la revoir succédaient les tortures de la jalousie. Parfois la perspective de la perdre me semblait préférable à l'enfer que j'endurais. Mais Valentina me tenait. Par les mille liens obscurs que tissent la volupté et la souffrance.

23

Je faisais face à un petit homme replet, la moustache en brosse, dont les yeux porcins me fixaient à travers ses lunettes cerclées de fer. En d'autres circonstances, si je n'avais pas moi-même sollicité ce rendez-vous, je me serais rebellé contre ses questions qui devenaient de plus en plus indiscrètes. Un véritable interrogatoire de police. Il faisait chaud dans ce bureau vieillot aux armoires de fer croulant sous les dossiers. Par la fenêtre fermée parvenait la rumeur du boulevard Saint-Antoine. Une odeur mentholée emplissait la pièce, provenant d'un vaporisateur au moyen duquel mon pointilleux interlocuteur soignait un rhume des plus sévères. De temps à autre, il sortait un grand mouchoir à carreaux et libérait bruyamment ses sinus. C'était la seule manifestation vraiment humaine de ce bureaucrate absorbé par une tâche qu'il remplissait sans la moindre émotion. La froideur, l'absence totale de compassion avec lesquelles il m'écoutait valaient mieux qu'une commisération de commande. Sa componction professionnelle ôtait à mon affaire tout aspect affectif. Il fallait sa rigueur glacée, semblable à celle d'un entomologiste, pour suspendre l'émotion et surtout désamorcer le caractère ridicule, hautement vaudevillesque, de ma position. Son air blasé, qui m'avait d'abord blessé, comme s'il ne prenait pas la juste mesure de mon infortune, se révélait une bonne médication envers ceux qui, comme moi, dans le survoltage de la passion, croyaient leur malheur unique, en le réduisant à un cas banal ; aussi courant que les accidents de la route pour les automobilistes, les balles perdues pour les chasseurs, dont les circonstances fanées finiraient tôt ou tard par rejoindre ces classeurs dans les armoires de fer, n'intéressant vraiment plus personne, ni même les grands agités dont les cœurs avaient battu follement avant de suivre la pente naturelle de l'indifférence et de l'oubli. La seule chose qu'il ne parvenait pas à vaincre en moi en dépit de son talent professionnel, c'était la honte.

À chaque réponse que je devais lui donner : mon nom, mon âge, l'objet de ma visite, le but de ma requête, les adresses des personnes sur lesquelles je voulais obtenir des informations, cette honte me submergeait. J'étais pris par l'envie de fuir, de quitter brusquement ce bureau étriqué et son inquisiteur mesquin dont les microbes semblaient déjà m'infecter, pour respirer sinon l'air du grand large du moins celui chargé de gaz carbonique du boulevard et me délivrer de cette oppression. Mais ce poids si lourd à porter, c'était la monnaie d'échange pour me délivrer des affres de la jalousie. Je n'en pouvais plus de demeurer dans l'ignorance de l'identité de mon rival : il fallait désigner cette ombre, la nommer, l'incarner dans un visage, une profession, savoir où elle habitait, où Valentina la rencontrait, et quand, à quel rythme.

Ce n'est pas sans hésitations que j'avais franchi la porte de cette officine. Certes, je n'étais pas seul dans ce cas : mon interlocuteur m'avait rassuré sur ce point, le service que je demandais constituait son principal fonds de commerce. Se prémunissant d'avance contre une éventuelle déception de ma part, déception courante chez les jaloux qu'aucune révélation ne peut satisfaire, il tint, avant de signer le contrat qui nous liait, à me confier un axiome de sagesse professionnelle :

— Ce que nous vous rapporterons avec exactitude, ce sont des faits. Mais les faits ne sont pas toujours la vérité. Ils sont même parfois le contraire de la vérité.

Avertissement prudent qui s'adressait sans doute à un possible fou furieux capable de noyer dans un bain de sang l'annonce de son cocufiage. Je sortis mon carnet de chèques : étrange sensation que celle de donner de l'argent pour souffrir.

Sur le pas de la porte, mon interlocuteur, abandonnant son austère circonspection, me serra la main avec une sorte de chaleur :

— Dites-vous bien que beaucoup d'hommes — et plus encore de femmes — sont passés par où vous passez.

Quand la porte se referma et que je descendis l'escalier qui sentait le moisi, me prenant les pieds dans un tapis mité, je me retrouvai sur le trottoir du boulevard envahi par une impression étrange : étais-je bien l'homme qui avait franchi cette porte ? Je ne me reconnaissais plus en lui. J'étais un autre. J'avais rejoint les initiés, ceux qui ne se contentent pas de la version à deux sous que donne la réalité et qui plongent sous sa paisible surface en quête de cet élixir violent, la vérité.

24

— Tu es injoignable. Je t'ai appelé dix fois.

Ce « tu » me fit l'effet d'un baiser sur la bouche

imposé par quelqu'un de particulièrement répugnant. C'était Ambroise au téléphone : une voix doucereuse et combien trompeuse — je le savais maintenant. Je me demandais si c'était son afféterie que je détestais le plus chez lui. Ou sa familiarité déjà poisseuse mais devenue insupportable depuis que je n'ignorais plus qu'il couchait avec ma femme. M'horripilait aussi sa manière de me parler à quelques centimètres de mon visage en me tenant la main comme s'il allait me prendre le pouls — ce qui n'aurait pas été surprenant vu sa qualité de médecin. Mais ce qui m'exaspérait également chez lui, c'était son air de permanente disponibilité comme s'il n'avait rien d'autre à faire que d'entendre les doléances et les confidences de tout un chacun : il écoutait son interlocuteur d'un air intéressé avec la même fausse bonhomie qu'il accueillait les récits de ses malades et les petits secrets dégoûtants de leurs corps. Comme si lui-même avait besoin de ces récits, de ces épanchements, pour remplir le vide de sa propre vie, sans aspérité, sans colère, sans personnalité, caoutchouteuse et un rien visqueuse. Il réussissait à être l'ami de tout le monde parce qu'il n'était au fond l'ami de personne, proposant à chacun une amitié molle et tiède comme sa poignée de main, une conversation fade, sans relief, que son sourire tentait de hisser au rang d'une compréhension évangélique.

Sa femme l'avait brusquement quitté sans explication. Il restait discret sur cette rupture. Peut-être avait-elle découvert les vices que dissimulait son comportement reptilien ? Par quelle faiblesse de caractère et quelle éclipse du jugement avais-je pu accepter de lier si étroitement ma vie à la sienne, à la nôtre puisqu'il était l'ami de notre couple ? L'habitude ! On prend l'habitude de tout, de la médiocrité, de la saleté. Surmontant le dégoût qu'il m'inspirait, il me sembla soudain précieux. Peut-être grâce à lui en saurais-je plus sur l'amant de Valentina ?

À sa stupéfaction — car il sentait bien que je fuyais sa compagnie —, j'acceptai de déjeuner avec lui.

25

Il m'imposa un restaurant chinois, pis, un restaurant végétarien. Je me retrouvai devant des légumes gluants, nageant dans des sauces improbables, fuyant sous mes baguettes. Le tout baignait dans une lugubre lumière d'aquarium.

— Jeanne n'a pas bonne mine. Tu ne trouves pas ? Tu devrais lui dire de consulter un spécialiste.

Cette entrée en matière me déplut. Il m'était désagréable de l'entendre prononcer le prénom de ma femme. De quel droit me parlait-il d'elle avec cette familiarité d'intime ? Un droit dont je ne connaissais que trop bien l'origine. Ambroise avait l'art de se mêler de ce qui ne le regardait pas. Déformation de médecin, il se croyait obligé de donner des consultations alors qu'on ne lui demandait rien. Surtout il adorait s'immiscer dans les petites salissures de la vie privée avec des prétentions à les récurer.

Quand il entreprit de me donner des conseils concernant notre couple, conseils que j'aurais jugés mal venus de la part de quiconque mais particulièrement déplacés venant de lui, je dus faire un effort pour ne pas lui jeter ses dégoûtants légumes à la figure.

— Vous devriez vous rapprocher l'un de l'autre, ça n'a aucun sens de vivre chacun de son côté. À moins que vous n'envisagiez une séparation, ce qui ne paraît pas être le cas. Mais je ne sais peut-être pas tout !

Je fulminai intérieurement. Mais je n'allais tout de même pas m'en aller après avoir supporté sa présence sans avoir obtenu les précieux renseignements que lui seul pouvait me donner. Il se gardait bien d'aborder le sujet de Valentina dont il devait se douter que c'était le véritable objet de ce déjeuner. Il me laissait venir.

Quand enfin je réussis à évoquer son nom, il feignit la surprise.

— Ah oui, la jeune Russe, charmante n'est-ce pas ? Et il paraît qu'elle n'a pas froid aux yeux (Je l'aurais tué). Mais il faut être très gentil avec elle : elle a eu de grands malheurs.

J'écoutai ces généralités qui ne m'apprenaient rien d'un air faussement intéressé.

— C'est de la porcelaine, cette fille, elle est

fragile. J'espère que tu sais te comporter avec elle et que tu l'aides comme elle le mérite, me dit-il, ponctuant ses paroles en posant sa main sur la mienne.

— Comment l'as-tu connue? demandai-je d'un air dégagé.

Il posa un doigt sur ses lèvres.

— Secret médical, dit-il, ravi de pouvoir se soustraire à ma question et me dominer de toute la hauteur de son secret.

Je lançai mon va-tout et demandai d'une voix sourde qui devait révéler mon inquiétude :

— Quelle est sa vie? A-t-elle un amant?

Il esquissa un mince sourire. Je lus dans son regard toute sa nature vicieuse, qui jouissait de mon embarras et des efforts que je faisais pour sortir de mes incertitudes.

— Le mieux, mon vieux, c'est de le lui demander.

C'en était trop. Voyant que, décidément, je ne tirerais rien de lui, je prétextai un rendez-vous, le laissant régler l'addition. Ma seule vengeance car il était particulièrement rat. Ses légumes gluants allaient lui rester sur l'estomac.

26

Aux exaltations de la jalousie succéda une période de calme. Je me regardais comme si j'avais été aux prises avec une incompréhensible crise de démence. Je me mis à jeter un regard objectif (autant que c'était humainement possible) sur ma situation amoureuse. Premier constat : j'avais la chance, à l'âge qui était le mien (âge terrible dont je ne tenais pas à me rappeler le millésime fatidique), d'avoir une maîtresse jeune, ravissante, de plus aimante en dépit de ses sautes d'humeur. Certes, elle avait un amant — chose somme toute banale. Mais je n'avais plus la vigueur de mes vingt ans et mon physique sous une fière apparence se déglinguait. Cette trahison (du moins ce que j'appelais ainsi), c'était la vie qui la voulait. Le mouvement inéluctable du remplacement des vieux par les jeunes, de l'hiver par le printemps. Et bientôt, le plus tard possible, je dégagerais de cette planète, abandonnant la jeune femme à d'autres bras. Et elle m'oublierait. C'était cela la vie. Il ne fallait ni s'en plaindre ni s'en indigner. Valentina ne faisait qu'obéir à des forces irrésistibles qui la conduisaient vers la jeunesse. Deuxième constat : pourquoi me révolter, en quoi étais-je floué ? Ce partage ne me lésait pas. J'avais la nue-propriété de son corps, l'apparence, la jouissance qu'il recelait. Possède-t-on jamais autre chose avec les femmes ?

Le mieux pour ma santé, mon bonheur, mon équilibre, la survie de notre couple était de faire l'aveugle. Ne rien voir, laisser filer les choses, et profiter des délicieuses ressources que m'offrait cette jeune femme voluptueuse.

Cet exercice de sagesse et de maîtrise de soi me

plut infiniment. Je me regardais dans un miroir (le miroir intérieur devant lequel on mesure avec sa conscience les améliorations de sa personne) avec la satisfaction d'avoir fait des progrès dans la reconquête de moi-même. Je n'étais pas loin de m'observer avec une certaine fierté. Être un homme, n'était-ce pas cela : surmonter les blessures de son orgueil en acceptant la vie telle qu'elle est, avec ses imperfections, ses déceptions ? J'étais trompé. La belle affaire ! Pourquoi me meurtrir en cherchant un idéal amoureux qui n'existe pas ?

27

Hélas, le lendemain j'étais dégrisé de ce beau rêve. Il me semblait aussi lointain que s'il n'avait jamais existé. J'étais repris par le démon de la jalousie.

28

J'épiais Valentina ; je la surveillais ; je l'observais jusque dans son sommeil. L'amant restait tapi dans l'ombre, indiscernable. Rien ne manifestait son existence, sinon les habituels retards de Valentina, ses absences non moins suspectes, et ses explications toujours confuses. Elle détestait que je la mette en face des réalités. Elle se réfugiait dans l'indécision, le vague, le flou, l'à-peu-près, comme si elle ne supportait pas la lumière trop vive des choses exactes. Il fallait que j'apprenne à m'habituer à son étrange comportement. Mais à l'inverse ma jalousie était vorace en matière d'exactitude. Une minute de retard m'était aussi suspecte qu'une absence. Nous vivions à contretemps. Je tentais de dissimuler la tension et le survoltage que créait cette situation. Je m'appliquais à feindre la confiance.

Un soir, à la terrasse de la Closerie des Lilas, tandis qu'une brise douceâtre parfumée de gaz carbonique et de l'odeur du métro nous caressait le visage, dans la légère griserie que nous laissait une excellente bouteille de sancerre rouge, je fis une entorse à mes résolutions.

Sur le mode ludique, je tentai de la confesser.

— Si tu me trompais, est-ce que tu me le dirais ?

— Vous tromper ! Pourquoi cette question ?

Elle demeura songeuse et reprit :

— Qu'est-ce que ça veut dire tromper ?

(Cette réponse — pas seulement d'elle — m'avait toujours paru désespérante.)

— Ça veut dire coucher avec quelqu'un d'autre.

Elle haussa les épaules.

— Ça ne veut rien dire, coucher, ça dépend des circonstances.

(Autre aphorisme qui m'exaspérait.)

Elle se tut, l'air lointain, comme si sa réponse la plongeait dans des réflexions infinies. Puis elle lança :

— Si je vous trompais, est-ce que cela ne serait pas normal ?

— Normal !

— Oui. Qu'avez-vous à m'offrir d'autre que de coucher avec moi ? Vous êtes marié. Vous refusez de vous engager. Et quand vous en aurez assez de moi, vous me bazarderez.

Je demeurai abasourdi. Je m'attendais si peu à cette mise en cause. Soudain, ma perspective changea totalement : j'étais un égoïste, je n'avais jamais vu que ma passion, que mon plaisir. Jamais je ne m'étais préoccupé de ce qu'elle éprouvait.

En un instant je passai de l'état d'inquisiteur à celui de coupable.

29

Oui, le coupable, c'était moi. Je n'avais que le châtiment que je méritais. J'étais trompé parce que je n'avais pas su saisir ma chance. Une jeune femme se jetait dans mes bras, une aubaine inespérée pour un vieux jeton comme moi, et je croyais être quitte de cette chance avec quelques déjeuners, des dîners, de menus cadeaux et une escapade à Florence. Mon égoïsme me sautait aux yeux. Je n'avais pas assez de mots pour condamner ma conduite. Soudain, comme une aurore qui se lève, j'entrevis la solution à l'impasse douloureuse dont je ne savais comment sortir : je devais divorcer. Comment n'y avais-je pas songé plus tôt ? Et ce divorce je l'offrirais à Valentina comme le gage de ma nouvelle vie avec elle.

30

Le petit homme rondouillard évitait mon regard. Ses yeux agités derrière ses lunettes cerclées de fer trahissaient sa nervosité, tout comme la manie de se mordiller la lèvre supérieure que surmontait sa moustache taillée en brosse. Ce qu'il avait à me dire de si urgent semblait soudain difficile à exprimer. J'avais hésité avant de me rendre à ce rendez-vous qui n'avait plus d'objet : qu'avais-je besoin désormais d'avoir des renseignements sur l'amant de Valentina ? C'était une vieille histoire dans le registre d'une autre vie. Mais le petit homme s'était montré insistant, pas seulement parce qu'il souhaitait me voir régler le solde de ses honoraires. Quant à me livrer par téléphone le résultat de son enquête, il n'en était pas question.

Ce bureau vraiment sans charme avec ses armoires de fer débordant de classeurs semblait avoir gardé intact dans ses murs le souvenir de ma jalousie et de mes angoisses. Je le retrouvai sans plaisir comme une part morte de mon passé, mais aussi avec l'orgueil d'un homme qui a surmonté une crise, qui s'est guéri d'une maladie qu'il croyait très grave.

Le petit rondouillard s'agitait. Plus il parlait et moins je voyais où il voulait en venir.

— En général, nous nous contentons de donner à nos clients nos rapports d'enquête. Cette fois, étant donné la nature délicate des faits rapportés et surtout parce qu'ils dépassent l'objet de votre demande, je crois de mon devoir de vous prévenir qu'ils risquent de vous être pénibles. Voulez-vous un whisky ?

— Non merci.

Il se servit une large rasade.

Jamais je n'aurais pu imaginer la stupeur qu'allait provoquer en moi la lecture des rapports qu'il mit sous mes yeux. Le nom, l'adresse, la profession de l'amant de Valentina, la notation scrupuleuse des après-midi et des soirs où ils se voyaient, me semblèrent une bien plate information en face des abîmes que le document révélait sur le passé de Valentina : des turpitudes qui dans leurs excès semblaient irréelles. Elle avait longtemps fréquenté une maison de rendez-vous située dans une rue discrète entre l'avenue de l'Opéra et la rue Molière. Tenue par une certaine Madame Rosy, cette maison accueillait des hommes et des femmes qui venaient en toute discrétion assouvir leurs fantasmes. Des pratiques nullement ignorées de la préfecture de police qui fermait pudiquement les yeux. Le clou de ces soirées consistait à exposer des jeunes femmes entièrement nues qu'on livrait aux enchères. Des hommes riches, avides de jeunes corps, rivalisaient furieusement pour acquérir la faveur d'une nuit avec les plus belles d'entre elles. Valentina y était connue sous le nom de Lilith. Ce que le détective dans son rapport ne pouvait avancer avec certitude, c'était l'état des relations actuelles de Valentina avec Madame Rosy. Continuait-elle de fréquenter sa maison et d'assister aux soirées très spéciales qui s'y déroulaient ou avait-elle pris ses distances avec elle ?

Valentina, l'être que j'aimais, que je voulais épouser, que j'avais naïvement soupçonnée d'avoir un amant, comme tout cela était bénin, un conte de fées en comparaison de la terrible, inimaginable vérité.

31

J'accompagnai Valentina en voiture à un dîner. Il faisait doux, une pluie fine de printemps mouillait le pare-brise. Je ne ressentais rien, taciturne et laconique, j'étais muré en moi-même avec mon douloureux secret. La ville sous la pluie était particulièrement belle avec ses trottoirs luisants qui reflétaient les lumières des lampadaires, son ciel brouillé envahi par l'obscurité. Des images atroces défilaient devant mes yeux tandis que la voiture franchissait les guichets du Louvre. Fidèle à mes résolutions, quoi qu'il m'en coûtât, je ne laissai rien voir de ce que je venais d'apprendre sur elle.

Le dîner qui se tenait dans un appartement donnant sur le Palais-Royal fut d'une tranquille banalité. Un lieu dont la nudité faisait ressortir la pauvreté décorative tout entière dictée par la mode minimaliste : on avait abattu les cloisons, fait disparaître les belles moulures d'origine et les plafonds à caisson, ainsi que les ravissants trumeaux, jugés sans doute trop conventionnels. Mais ce soir-là j'avais d'autres préoccupations que de fustiger le vandalisme des grands bourgeois. J'avais du mal à faire bonne figure. Il me semblait que jamais je ne pourrais me débarrasser des images que la lecture du rapport du détective avait suscitées en moi. J'écoutais d'une oreille distraite ma voisine de table qui croyait m'intéresser en me racontant sa visite à une exposition du Bernin à Rome. Il n'y avait aucune place libre dans mon esprit pour autre chose que pour Valentina.

Elle était à une table voisine en étroite conversation avec un bellâtre brun tout en cheveux, en dents et en épaules. Ils semblaient prendre un si grand plaisir à converser qu'ils se retrouvèrent sur un canapé isolé dès que les convives se levèrent de table. Tout en surveillant leur manège du coin de l'œil, je conversai avec le maître de maison, un industriel à l'air bonasse, manifestement dépassé par les prétentions artistiques et les fréquentations avant-gardistes de son épouse.

— Je dois vous avouer, me dit-il en confidence, que je ne connais pas la moitié des invités qui sont ici ce soir.

Son épouse, une blonde excitée, chaleureuse et un peu fofolle, aurait gagné à parler moins et à rire sur un ton plus naturel, comme si elle s'efforçait de mettre à elle seule une ambiance artificielle dans une soirée disparate entre des convives qui n'avaient rien à se dire et qui sombrait dans l'ennui.

Valentina, voyant que j'étais entrepris par le maître de maison, en profita pour venir me prévenir qu'elle quittait le dîner, alléguant que le bellâtre habitait dans le même quartier qu'elle. Sonné par sa désinvolture et la grossièreté de son procédé, je restai sans réagir comme si mes facultés d'indignation étaient épuisées. Ce ne fut qu'un moment plus tard que je sortis de ma torpeur en proie à la fureur. Je quittai le dîner sans dire au revoir. Dans la rue ni la pluie qui tombait ni la fraîcheur du soir ne calmèrent ma fièvre. Un voile rouge était tendu devant mes yeux. J'eus du mal à retrouver ma voiture. J'étais submergé par un sentiment qui m'avait déserté depuis bien longtemps : la haine. Le désir de tout détruire, aussi bien Valentina que moi-même.

32

Les immeubles Walter étaient plongés dans la pénombre comme un grand vaisseau dérivant dans la nuit. Je ne pouvais ôter de mon esprit l'idée qu'ils portaient malheur. Valentina bien sûr n'était pas rentrée. J'attendis longtemps sur le palier après avoir sonné en vain à sa porte. N'en pouvant plus de faire les cent pas dans un couloir lugubre, je me décidai à la guetter sur le trottoir de l'avenue du Maréchal-Maunoury. Deux heures passèrent. Je remontai sur le palier, attentif aux mouvements de l'ascenseur qui annonceraient son retour. Il y eut plusieurs fausses alertes. Un couple de gens très chics, rentrant d'une soirée, m'observa d'un regard suspicieux, mais après un conciliabule, ils jugèrent préférable de ne pas me poser de questions. Je les entendis fermer leur porte blindée à triple tour.

Enfin Valentina fut devant moi. Elle manifesta sa surprise.

— Que faites-vous ici ? Vous êtes fou. Vous m'avez fait peur.

J'avais envie de la tuer. Comment lui faire payer mes souffrances ?

Elle ouvrit la porte de son appartement.

— N'entrez pas. Laissez-moi. J'ai horreur des jaloux.

— Où étais-tu ?

— Nous sommes allés danser, j'ai le droit, non ?

Et elle ajouta :

— C'est de mon âge.

Je me mis à l'injurier. Tandis que je proférais les insultes les plus grossières, les plus aptes à l'humilier, elle semblait indifférente, vaquant à ses occupations, se contentant de sourire comme si elle avait affaire à un dément qui finirait par épuiser sa fureur. Elle me tournait le dos, me montrant sa nuque fragile et délicieuse. En la frappant, d'un seul coup de poing, je pouvais la tuer. Je la pris par les épaules, la tournant vers moi, et je la giflai. Elle poussa un cri. Emporté par ma violence, je la frappai à nouveau jusqu'à ce qu'elle tombe inerte sur le plancher. Étrange comme ces coups que je portais contre elle, j'avais l'impression de les porter contre moi-même. Je quittai l'appartement en claquant la porte avec rage. Certain de ne plus jamais y remettre les pieds. Certain de ne plus jamais la revoir. Et d'être enfin délivré du malheur.

L'ABÎME

1

Après une mauvaise nuit, un sommeil bref tourmenté de cauchemars, je m'éveillai dans une surprenante fraîcheur d'esprit. Comme après les convulsions d'une forte fièvre. Délivré de mes angoisses, j'avais l'impression de naître à une autre vie. J'étais moi-même étonné de garder si peu de séquelles d'une soirée aussi violente. Ce n'était qu'un mauvais rêve dont je m'éveillais. Une chance de sortir d'une aventure qui mettait certainement mon équilibre en péril et peut-être même ma vie. D'autres que moi s'étaient beaucoup plus mal tirés des griffes de ce genre de femme. Fuir n'était pas à la portée de tout le monde. Comment avais-je trouvé en moi ce sursaut salvateur ? Je ne regrettais que la manière brutale que j'avais employée qui choquait en moi l'homme courtois que je me vantais d'être. À ma décharge, il me semblait que je n'avais aucun rapport de parenté avec le butor de la veille. Étranger à moi-même, il avait disparu aussi vite qu'il avait surgi.

Mon existence m'apparaissait désormais comme devant suivre un cours sage, purgé de ses folies. Certes moins riche de fantaisie et d'imprévu, mais agrémentée de plaisirs simples : les bons petits plats de Jacotte, des voyages et ces fréquentations passionnées avec mes seuls vrais amis : Fra Angelico, le Tintoret, Giotto et quelques autres.

Pour commencer cette nouvelle existence, je décidai, soucieux de renouer les liens distendus avec mon épouse, d'aller passer quatre ou cinq jours dans sa sous-préfecture. Je lui téléphonai. Je ne parvins pas à la joindre. Je laissai des messages à son secrétariat. Prévenir de notre arrivée faisait partie des conventions que nous avions passées entre nous : soit qu'elle vînt rue des Beaux-Arts, soit que je la rejoigne. En général, ses acquiescements étaient rapides. Pourtant, je n'eus aucune réponse d'elle ni ce soir-là ni de toute la journée du lendemain.

J'interrogeai Jacotte qui en bonne Berrichonne avait des relations quotidiennes avec son pays. Je la trouvai énigmatique et renfrognée. Sur son visage apparaissaient les signes d'un embarras dont je n'arrivais pas à déceler la cause, mais qui se manifestait en jurons et en onomatopées ronchonnes.

2

Je déjeunais au Voltaire en compagnie de l'écrivain Alexis Magnard, qui aimait ce restaurant pour occuper la banquette où Montherlant avait eu coutume de poser son illustre croupion. Mais aussi pour y recevoir les hommages discrets des serveurs et de quelques convives qui murmureraient son nom célèbre sur son passage. Petite musique qui n'est jamais désagréable à un auteur. Rien de tel qu'une vieille amitié éprouvée après une bourrasque sentimentale. On revient sur des positions solides. Pas la peine de se mettre en frais, c'est aussi confortable que des pantoufles. On se connaît depuis la nuit des temps, on s'est chamaillés, réconciliés. On n'a rien à se prouver. On s'accepte tels qu'on est, se demandant seulement, après avoir couru les mêmes filles, qui enterrera l'autre, à qui sera dévolu de prononcer son éloge funèbre.

Alexis est un homme chaleureux surtout en public, jouant de sa belle crinière rousse qui lui donne l'air d'un lion débonnaire, pacifique, qui garde soigneusement ses conflits intérieurs pour nourrir ses livres que les lecteurs s'arrachent. Aimant les potins autant que les livres rares, les bons vins, la viande saignante, les cigares, les filles délurées, il a épousé une actrice en vue, ce qui certainement correspond à cet idéal romantique et médiatique qu'il s'est fait dans sa jeunesse. Excellente maîtresse de maison, mère attentive de leurs deux filles, elle a accepté avec sagesse de céder à son mari le rôle de la diva.

Car Alexis a un léger défaut, défaut quasiment professionnel pourrais-je dire, il ne déteste pas qu'on parle de lui. En bien ou en mal, il lui faut être le centre de la conversation. Parfaitement naturel, il pense être l'objet de la curiosité universelle. Mais comme il est bien élevé il attend que son interlocuteur — moi en l'occurrence — mette la conversation sur ce sujet dont il ne se lasse pas.

Et il attendait en effet devant des radis beurre (sans doute les plus chers de Paris, mais il est vrai servis sous l'ombre posthume de Montherlant). À une autre occasion j'eusse facilement accédé à ce désir si humain et si compréhensible chez les écrivains qui se demandent toujours avec angoisse s'ils existent. Mais aujourd'hui, malchance, j'étais dans les mêmes dispositions que lui : j'avais envie de parler de moi, du roman de ma vie — chacun a droit à son roman après tout —, j'aspirais à me confier, je voulais exprimer le désarroi par lequel j'étais passé, être complimenté sur la force de caractère dont j'avais fait preuve en me tirant de justesse d'un piège mortel.

Mais de mon roman personnel, manifestement, mon ami n'avait cure, toutes les tentatives faites en ce sens furent vaines. C'est l'ennui avec les romanciers (petits ou grands, obscurs ou reconnus) qui imaginent leurs états d'âme plus intéressants puisque leur œuvre qui les contient passionne des milliers de lecteurs. Et ceux-ci non seulement paient leurs romans mais se précipitent sur les entretiens et les conférences dans lesquels les auteurs s'expliquent de long en large. Comment, dans ces conditions, un écrivain ne sentirait-il pas que ce qu'il a à dire est incommensurablement plus intéressant que les confidences d'un vieil ami qui ne sont pas appelées à un retentissement universel, mais à un usage intime en circuit fermé ?

Donc mon ami, je devais m'y faire, m'aimait, appréciait ma présence, mais pas au point de s'intéresser à moi. Il attendait que je lui parle de lui. Une attente qui frisait l'anxiété. Dans son regard humble et contrit passait la lueur de gratitude qu'un labrador jette à son maître en train de lui préparer sa pitance.

Pour une fois je ne cédai pas à la pitié. J'estimais que j'avais droit moi aussi à mon quart d'heure de confession. Je préférai lancer la conversation sur je ne sais quel thème général, le résultat des législatives ou la menace islamique, ce qui fit passer un voile de mélancolie sur le visage de mon ami. Il était frustré, je l'étais aussi.

Nous nous séparâmes aussi mécontents l'un que l'autre, également déçus, pestant réciproquement sur notre égocentrisme. Heureusement, sur le pas de la porte, un serveur vint à propos lui porter un livre à dédicacer. Soudainement regonflé du seul oxygène qui le faisait vivre, il prit cet air bon enfant et fataliste que je lui connaissais, me jetant un clin d'œil qui signifiait « Eh oui, c'est cela les inconvénients de la gloire». Finalement, il n'avait pas tout à fait perdu sa journée.

3

Le soir même, je fus pris d'une foudroyante crise de cafard. N'ayant pu confier à un ami les peines que me causait Valentina, celles-ci revenaient me tourmenter. Se dessinaient en moi les signes d'un retournement complet de mon état d'esprit. Un bouleversement incompréhensible. Après avoir jugé si sévèrement Valentina, je l'amnistiai subitement. Sans raison. Je m'en voulais plus de mes emportements envers elle que je n'attachais d'importance à sa conduite, si condamnable fût-elle. Je considérais maintenant que le plus grave n'était pas qu'elle m'eût traité comme un benêt, c'était de l'avoir perdue. Telle qu'elle était, si effarants que m'apparussent ses agissements cachés, elle me manquait. Ils me semblaient insignifiants. Son être m'apparaissait soudain détaché de ses actes, détaché de ses dépravations. Double. Autant que je l'étais moi-même.

4

Le lendemain, au courrier, une lettre m'expliqua le bizarre silence de mon épouse : celle-ci dans une brève missive, sèche, administrative, me signifiait non seulement son refus de me recevoir dans sa sous-préfecture, mais me donnait, maritalement parlant, mon congé. Sans explication superflue, ni effusion sentimentale, ni même de formule de politesse, elle m'engageait à prendre contact avec son conseil, Me Bouchard-Dubreuil, afin d'examiner avec lui les conditions d'un divorce express. Si le couple que nous formions, la liberté que nous nous accordions pouvaient laisser planer une incertitude sur la réalité de notre mariage, le procédé radical de mon épouse, sa violence, son intransigeance prouvaient à quel point ces liens étaient étroits. Hélas il fallait un divorce pour s'en apercevoir.

La vie n'est-elle pas mal faite ? Le couperet tombait au moment où, repris d'un regain sentimental pour ma femme, je me sentais prêt à renouer avec elle.

Deux jours plus tard, une lettre de semonce administrative me parvint émanant de la Cour des comptes régionale de Bourgogne. Le contrôleur général des finances m'informait d'un ton pète-sec qu'il mettait fin à la dérogation administrative, proche il est vrai de l'aberration, que constituait l'emploi de Jacotte à mon service. Emploi parfaitement fictif, chacun le savait, mais fermait les yeux. Si l'administration se réveillait c'était parce que quelqu'un l'avait avertie. J'y vis une suave attention de ma femme pour me nuire. En conséquence, le contrôleur des finances me demandait de me mettre en règle dans les plus brefs délais en n'employant plus Mlle Jacotte T. qui serait reclassée par son administration. Et m'étant placé en contravention avec un certain nombre d'articles du code de procédure administrative, il me demandait de verser soixante-dix mille deux cent quatre euros et vingt-sept centimes au Trésor public sans préjuger de poursuites judiciaires ultérieures.

La guerre avec mon épouse était déclarée. Et je sentais qu'elle allait être sanglante.

5

Si j'avais eu un doute sur ce point, il se serait dissipé en sortant du cabinet de Me Bouchard-Dubreuil, avenue de Messine. L'avocat, un petit homme précieux et précis, son florissant bedon serré dans un costume croisé, m'avait reçu cérémonieusement comme s'il voulait m'amollir avant une opération délicate. Puis, de la manière la plus doucereuse et la plus souriante derrière son faux bureau Boulle étincelant de dorures reposant sur la plus épaisse moquette sur laquelle se soient posés des pieds humains, il m'avait asséné les conditions du divorce dont les pénalités excédaient de beaucoup dans leur dureté celles du traité de Versailles. Sans entrer dans le détail, le but de ma femme était simple : tout bonnement me mettre sur la paille. Elle me prenait tout, ne me laissant que ma brosse à dents, et exigeait un divorce pour faute grave. Je demeurai abasourdi ; de plus légèrement incommodé par les effluves d'un parfum d'intérieur bon marché aux relents de lavande dont, par souci de raffinement, on avait vaporisé la pièce.

Dans l'antichambre de son somptueux cabinet, sans se départir d'un sourire commercial, visant sans doute à montrer à ses clients qu'il se tenait au-dessus de leurs drames, il me donna congé. Je lui demandai ingénument pourquoi ma femme se montrait si pressée d'obtenir le divorce. Il me fixa de ses petits yeux malicieux.

— Ce n'est pas à moi de le dire. Mais cela se devine facilement.

— Elle veut se remarier ?

Il m'adressa un sourire encore plus prononcé.

— Si ce n'est pas la raison, ça m'en a tout l'air.

Et il rejoignit gaiement dans la salle d'attente deux candidats au divorce qui se regardaient d'un air funèbre comme des condamnés à mort.

6

J'étais de mauvaise humeur. Je faisais des reproches injustes à ma secrétaire, et tout cela n'avait qu'une seule cause : Valentina me manquait. Quand je mettais en balance les plaisirs si fantasques qu'elle m'avait donnés et ses torts envers moi, j'étais obligé d'admettre que je n'avais à lui reprocher que de superficielles blessures d'amour-propre. Certes, elle m'avait salement trompé. Et alors ! Elle n'était pas la seule femme dans ce bas monde à s'octroyer ce genre de liberté. Et au fond, quelle importance ! Qu'à vingt ans, mettons trente, on place la fidélité au plus haut, comme le summum de l'honnêteté dans le couple, mais après ? On s'aperçoit en prenant de l'âge que c'est une convention aussi illusoire et platonique que les traités de paix entre belligérants, toujours solennellement signés, jamais respectés. Elle n'était pas fidèle comme beaucoup d'autres, mais elle m'apportait ce que les autres ne donnaient pas : une frénésie imprévisible, un théâtre d'émotions qui rendaient chaque instant précieux, inattendu, si différent du morne train-train conjugal dans lequel s'enferment si vite les couples plus préoccupés de se rassurer dans une pesante vie quotidienne que de prendre le risque de se donner des frissons.

Quant à son passé (je frémissais en y pensant), pourquoi lui en vouloir ? En quoi étais-je juge de ce qu'elle avait fait de son corps ? Je n'allais tout de même pas adopter moi aussi les étroites conventions petites-bourgeoises qui m'avaient toujours horripilé ? Certes, ces excès-là n'entraient pas dans le cursus honorum des honnêtes mères de famille qui n'avaient comme pré carré que l'espace que constituent des emplettes chez Hermès, des leçons de tennis et les rallyes des enfants.

Mais la sagesse envers les femmes ne consiste-t-elle pas à vivre l'instant, le pur instant, sans se préoccuper des motivations ou des arrière-pensées de celle qui le procure, ni de son passé, ni de son avenir, ni de ce qui se trame sous la surface de cet instant ? Quel péché contre la vie que la curiosité, quel instrument infernal !

Évidemment, Valentina sortait des modèles habituels ! N'était-ce pas ce qui constituait son charme ? Quelque effort que je fasse, je m'apercevais que je ne pouvais me détacher d'elle. Sa présence m'était indispensable. Mais comment la faire revenir ?

7

Je remis en mouvement les norias de bouquets, accompagnés de lettres dans lesquelles — n'était-ce pas la moindre des choses — j'implorais son pardon. Je lui téléphonais. Elle ne décrochait pas, me laissant encombrer son répondeur de mes supplications. Seul un grand silence me répondait, aussi vaste et nu que la toundra de Sibérie, aussi glacé.

8

Un mois passa, puis deux. Son absence me faisait toujours autant souffrir. Pourtant, je ne renonçais pas à elle. Autant renoncer à la vie. Il m'arriva même d'aller prier sainte Rita sur le conseil de Jacotte qui avait compris l'origine de ma dépression. Dans l'église de la Madeleine, en face de la statue de la sainte, près de laquelle tant d'ex-voto exprimaient la gratitude de ceux dont elle avait exaucé les prières, je me signai et allumai un cierge que je plaçai au milieu de tous les autres. Puis je priai. Cela faisait longtemps que cela ne m'était pas arrivé.

9

Dans cette époque affreuse, je n'avais de distractions que les manigances de mon épouse qui multipliait les actes hostiles à mon égard. Comment aurais-je pu imaginer de la part d'une femme que j'avais aimée, en qui j'avais placé toute ma confiance, autant d'esprit retors et de mesquinerie ? Elle s'ingéniait à me rendre la vie impossible. C'était le supplice des cent morceaux. Chaque jour je découvrais une nouvelle manœuvre pour m'empoisonner la vie. Elle déployait dans ce domaine une ingéniosité et une perversité dont je n'aurais jamais cru capable un fonctionnaire de son niveau, passé au moule de l'ENA.

10

Un soir, j'allai souper au Mathis après être allé voir une pièce de Pinter au titre de circonstance, *Trahisons*. Au moment où j'entrais dans le vestibule avec un tourbillon de vent glacé, je tombai nez à nez sur Valentina. Elle attendait son manteau en zibeline. La surprise fut telle que nous restâmes interdits, incapables de parler. Elle eut un rire nerveux.

— Vous êtes un voyou, me dit-elle mezza voce tandis que son compagnon revenait chargé de son manteau. Mais je ne déteste pas les voyous : ils ont plus de saveur que les gentlemen.

— Quand puis-je te voir ? demandai-je la gorge serrée.

— Appelez-moi demain !

Je reconnus dans son compagnon le bellâtre tout en cheveux, en dents et en épaules avec lequel elle était partie le sinistre soir de notre rupture.

Elle évita de nous présenter. Mieux valait. Nous nous jetâmes des regards pleins de haine.

11

Assis devant un guéridon, à la terrasse chauffée du café de Flore, alors que devant nous s'étendait la houle des badauds emmitouflés dans leurs vêtements d'hiver, nous sirotions un daiquiri. La conversation tournait en rond. Il n'y a pas de pire incommunicabilité que celle qui sépare deux amants séparés. Pis que s'ils ne s'étaient jamais connus. Je demandai à Valentina de reprendre la vie avec moi. J'employai tous les modes pour la convaincre. Elle éludait mes propositions. Tantôt c'était «Vous êtes trop jaloux», tantôt «Nous ne sommes pas faits l'un pour l'autre» ou ce qui était plus désagréable encore «Vous êtes trop vieux pour moi». Aucun de mes arguments n'entamait sa résolution. Ils glissaient comme sur du marbre. Pourtant je ne lésinai pas : je lui fis toutes les promesses déraisonnables qu'un homme épris jette à la tête d'une femme pour la récupérer, quitte à se parjurer. En vain. Je n'avais pas avancé d'un millimètre dans la voie d'un acquiescement.

De guerre lasse, voyant qu'elle rangeait son sac et se préparait à partir, doutant qu'elle m'accorde un autre rendez-vous, une pensée folle me traversa.

— Toute femme a son prix. Quel est le tien ?

Tout en prononçant cette phrase certes vulgaire et qui pouvait être mal interprétée, je craignais moins de recevoir une gifle que d'avoir perdu ma dernière chance de la convaincre.

Elle me répondit du tac au tac.

— Je suis trop chère pour vous.

Dans son regard, je lus une minuscule fissure dans ses résolutions. Avais-je atteint un point sensible ?

— Pour une dernière nuit d'amour, voilà ce que je te propose.

Et je citai un chiffre qui aurait suffi à attendrir n'importe quelle call-girl de grand standing.

Elle me fixa à nouveau de son regard qui semblait toujours dominer les circonstances. C'est fou tout ce que je pus lire dans l'iris mauve de ses yeux : il y avait de la stupéfaction sur l'énormité de la somme en même temps que du doute sur la sincérité de la proposition et la crainte d'être la dupe d'un bonimenteur. Mais une autre expression s'esquissait, celle-là venue des profondeurs de l'être, le ravissement d'être désirée éperdument par un homme, ce masque faussement indifférent que les belles esclaves promises au destin des odalisques devaient arborer sur les marchés de filles de Babylone ou de Ninive, devant les folles enchères dont elles étaient l'objet.

Je l'observais avec inquiétude. D'elle je m'attendais à tout.

— C'est bon, dit-elle, allons-y !

12

Cette étreinte-là passe toutes les descriptions. Qu'ait lieu ce qui n'aurait jamais dû survenir selon la loi impitoyable des ruptures l'enveloppait d'irréalité. Était-ce le fruit d'un rêve né d'une nuit désolée, l'impalpable splendeur d'un corps qui vous a fui, sa saveur acide de tristesse et de renoncement ? Mes caresses retrouvaient sur sa peau des chemins connus et oubliés, plaisirs indicibles auxquels se mêlaient les mille et une souffrances éprouvées pour sa reconquête. Cette volupté qu'exacerbaient les anciennes angoisses avait un goût de cendres et de larmes. Serrant son corps de toutes mes forces, il me semblait qu'entre mes bras l'ensemble des émotions que j'avais éprouvées pour elle étaient soudain rassemblées dans un être : le désir, la culpabilité, la honte, la jalousie, l'abandon. Pas un millimètre de sa peau qui ne fût signe ou symbole.

Elle se rhabilla, étrangement fébrile. Peut-être se demandait-elle si j'allais m'acquitter de ma promesse. Quand elle me vit prendre mon portefeuille en cuir et en compter longuement les coupures, elle parut rassérénée. Je lui tendis la liasse qu'elle enfourna sans un mot dans son sac.

Sur le pas de la porte, elle m'adressa un sourire plein de sarcasme comme si elle voulait me signifier que, quel que soit le prix, on ne l'achetait jamais.

— Je n'imaginais pas que vous étiez capable de comprendre aussi bien les femmes.

13

La revue que je dirigeais était abritée dans un immeuble d'une grande compagnie d'assurances ayant pignon sur rue. Le loyer très modeste pour son emplacement quai Voltaire, je le devais à l'entremise de mon épouse auprès d'un de ses condisciples de l'ENA, actuel président de la société. J'avais été témoin de ses efforts pour obtenir cette faveur. Car à cette époque elle mettait une grande énergie à m'aider dans mes entreprises, la même énergie qu'elle mettait aujourd'hui à me desservir. En l'occurrence, une lettre reçue le matin même, émanant du directeur financier de la compagnie d'assurances, me signifiait qu'en raison des articles tant et tant du décret régissant les baux commerciaux — articles dont il n'avait jamais été question quand ma femme avait obtenu cette faveur que nous avions fêtée ensemble chez Robuchon en compagnie de l'ancien condisciple, un sombre raseur — le loyer allait doubler, me contraignant à chercher un autre local professionnel. Encore une délicate attention de mon épouse qui décidément veillait à ce que je ne l'oublie pas. Chaque jour elle versait ainsi une goutte de cyanure dans mon potage.

14

Pour faire face à mes problèmes financiers, je décidai de mettre en vente ma toile de Bacon chez Christie's. Je ne tenais à ce tableau que pour des raisons sentimentales : c'était un souvenir de ma liaison platonique à Londres avec ce génial vieux pédé neurasthénique qui s'était entiché de moi. J'en escomptais un bon prix. Je dus obtenir l'accord de mon épouse car, étant mariés sous le régime de la communauté de biens réduite aux acquêts, elle m'avait fait savoir par l'entremise de son avocat, le sirupeux Me Bouchard-Dubreuil, qu'elle considérait que ce tableau, faisant partie de l'indivision, lui appartenait de moitié. C'était faux. Mais craignant une plainte de sa part qui aurait nui aux enchères je finis par accepter cette entourloupette peu élégante. Le tableau se vendit mal. Les ayants droit de Bacon estimant que ce tableau avait été acquis de manière quasiment frauduleuse refusaient de produire un certificat. Quant à l'expert, comme de fait exprès, j'avais eu l'occasion dans ma revue de contester ses attributions, ce qui ne le disposait pas à me faire de cadeau.

Dans toute cette affaire ma femme se comporta sans surprise : elle fit tout ce qui était en son pouvoir, quitte à être elle-même perdante (elle s'en fichait, étant riche à millions), pour que la vente me rapportât le moins possible.

Être marié ne comporte pas que des avantages, néanmoins cela garantit souvent une certaine immunité diplomatique de la part de son épouse ; être en instance de divorce fait apparaître une monstruosité inattendue dans l'ordre des querelles humaines. Car ce n'est pas son intérêt que cherche le conjoint bafoué, ce serait trop simple, c'est la mort de l'autre.

15

Rappelée à l'ordre par son administration, Jacotte dut me quitter. Ce fut pour elle comme pour moi un déchirement. Nous étions habitués l'un à l'autre. Nous formions un couple. Elle aimait vivre à Paris avec un quasi-célibataire qui lui laissait les coudées franches pour diriger sa maison alors qu'elle allait se retrouver mutée dans une morne administration, employée dans une cantine, ou dans quelque autre poste où elle souffrirait de l'absence d'un maître compréhensif, éclairé et surtout ami des arts.

Car, si étonnant que cela puisse paraître, Jacotte aimait passionnément l'art. Elle avait probablement hérité cet amour et ce sentiment artistique d'un ancêtre tailleur de pierres, une de ces petites mains si précieuses qui assistaient les sculpteurs et avaient collaboré aux merveilleux bas-reliefs des cathédrales romanes de Sens ou d'Auxerre. Elle avait un bon sens artistique inné. Souvent le plumeau encore à la main, le grand serpent de l'aspirateur gisant à ses pieds, je la trouvais compulsant une monographie de Degas, d'Ingres, de Fragonard. Elle avait une dilection pour le Bernin qui d'après elle n'avait pas son pareil pour sculpter les plis d'un tissu. Elle le jugeait supérieur à Michel-Ange.

Pour moi aussi elle serait une perte irremplaçable. Les plats qu'elle confectionnait selon de vieilles recettes de son pays ou celles qu'elle empruntait à sa bible, l'opus de Mme Saint-Ange, rivalisaient dans la perfection avec les œuvres que son ancêtre réalisait dans la pierre. Succulents vol-au-vent, soufflés au poisson d'une admirable légèreté, pains florentins dignes de Carême. Sa tarte tatin était fameuse auprès de mes amis, comme sa mousse aux pommes et sa tarte au citron qui n'avaient rien à voir avec les immangeables fabrications à l'arrière-goût chimique qu'on sert de nos jours. La qualité des mets servis se retrouvait dans les bonnes odeurs accueillantes qui flottaient dans l'appartement. Quand j'y pénétrais, déjà plein de reconnaissance, j'éprouvais des réminiscences maternelles. Je ne me sentais plus seul, mais accompagné par cette délicieuse vie parallèle que constitue une bonne cuisine.

Désormais, je serais doublement seul. Si j'acceptais mon sort avec fatalisme, ce n'était pas le cas de Jacotte. Aux mixtures qu'elle préparait d'un air mystérieux, aux incantations magiques que je l'entendais psalmodier, je pressentais que, comme à son habitude, pour lutter contre un sort adverse elle faisait appel à sa vieille amie, la magie noire.

D'ailleurs, quinze jours plus tard, le médecin de famille que je consultais pour un examen de routine m'annonça que mon épouse venait d'être frappée d'un mal mystérieux, une maladie immune, qui déconcertait les spécialistes, une maladie rare, disparue depuis le Moyen Âge, encore endémique chez des peuplades reculées de l'Océanie. Un haut mal qui pouvait être mortel.

16

J'avais de Valentina un besoin vital. Autant physique que mental. Notre accord financier (il faudrait parler plutôt de pacte) loin d'avoir disqualifié notre relation l'avait rendue aussi grisante que la roulette, le black jack ou le baccara. Je la rappelai. Elle revint. Toujours aux mêmes conditions. Cette situation était à la fois rassurante car je n'avais plus à craindre les aléas de son bon vouloir, mais aussi lourde de menaces car ce genre d'association fondée sur un mode si pervers ne peut durer longtemps. Elle risque même de mal finir. Aussi à chacune de ses visites, j'appréhendais qu'elle ne m'annonçât la fin de notre accord. Soit qu'elle eût décidé de se marier ou de partir avec un riche amant dans un pays éloigné. Le plus menaçant (le plus excitant) c'était d'être totalement entre ses mains.

17

Un soir, elle décida de s'inviter chez moi pour y fêter la Saint-Nicolas d'hiver qu'aucun Russe digne de ce nom n'omet de célébrer. Elle arriva les bras chargés de victuailles : le meilleur caviar (d'où venait-il ?), du saumon, des blinis, des cornichons géants, des bougies. En plus, enveloppée dans un voyant papier cadeau une icône ancienne et de bonne facture dont elle me faisait présent.

— Ainsi nous pourrons procéder à l'échange des pardons, me dit-elle, avec un sourire énigmatique.

En la voyant aussi belle dans sa robe de tulle noire si suggestive, transparente par endroits, son décolleté mettant en valeur ses seins, j'eus une funeste prémonition. Je doutais de la réalité de sa présence. Je ne méritais pas une telle femme. Elle était trop belle pour moi. Quelque chose se détraquait dans l'ordre des possibles que rien n'expliquait. Pas même le prix que je la payais.

Sa jeunesse m'apparut soudain comme une ombre menaçante : je n'y avais pas droit.

18

À l'issue d'une de ses visites, elle m'annonça ce que je redoutais depuis le début : elle renonçait à me voir. Elle refusait de m'en donner la raison. Son ton était si déterminé qu'il décourageait toute négociation. Je pris le risque.

— Et si je doublais la mise ?

Elle me fixa, l'air interloqué car la somme que je lui octroyais était déjà rondelette.

— Soit, dit-elle. Marché conclu.

Satisfait d'avoir échappé au pire, la perdre, je n'en éprouvais pas moins des angoisses. Mes revenus diminuaient. J'allais bientôt être contraint de vendre cet appartement en indivision avec ma femme. Et combien d'ennuis celle-ci allait-elle encore me créer pour me ruiner ? Qu'arriverait-il si Valentina augmentait ses exigences ? Je n'osais y penser.

19

Pour le dernier dîner qu'elle me cuisinait avant son départ, Jacotte porta son art à son sommet.

J'eus droit à mes plats préférés : pains florentins en entrée, un gigot de sept heures servi avec de délicieuses pommes de terre au goût sucré, enfin une mousse aux pommes avec une crème anglaise, le tout accompagné d'un excellent sancerre rouge. Jacotte refusa de me tenir compagnie à table. Ses yeux étaient rougis. Elle exprimait sa tristesse par un surcroît de mauvaise humeur. Elle bougonnait. Elle ne se radoucit que lorsque je lui offris un magnifique ouvrage sur le Bernin, son artiste préféré.

Avec son départ, c'était toute une époque qui se terminait. Celle d'un bonheur tissé de compromis, de non-dits, d'acceptation des petites médiocrités de l'existence avec ses innocentes prévarications, ses accommodements avec la morale, le viol en douceur des inhumains règlements, ce souple et gentil laxisme qui rend la vie tolérable. À quoi nous servait, à nous trois, mon épouse, Jacotte et moi, cette règle impitoyable qui désormais régissait nos existences, sinon à nous rendre malheureux ?

20

Ce fut Jacotte, la plus clairvoyante car elle avait la sagesse de ne pas essayer de comprendre les mystères de la vie, qui m'éclaira sur les événements bizarres qui depuis quelque temps embrouillaient mon existence. Son instinct primitif lui donnait des clés auxquelles je n'avais pas accès. Oui, le responsable, le chef d'orchestre clandestin de tous les malheurs qui m'advenaient :

— C'est monsieur Ambroise, me dit-elle en croisant ses doigts avec un air de dégoût.

— Mais pourquoi ?

Elle frotta son pouce contre son index dans un geste très expressif. L'argent ! Encore l'argent ! Toujours l'argent !

Naïf que j'étais, j'avais oublié que ma femme était riche et qu'elle le serait plus encore à la mort de son père. C'était sa fortune qu'Ambroise guignait.

21

Valentina devint soudain sourde à mes appels. Elle laissait mes coups de téléphone sans réponse. Je la crus partie en voyage. Depuis longtemps elle envisageait d'aller rendre visite à une vieille tante qui vivait à Saint-Pétersbourg. C'était tout à fait dans sa manière de disparaître sans m'avertir puis de resurgir comme si de rien n'était. Il me fallait prendre mon mal en patience. Facile à dire : tout me ramenait à elle.

En dépit de sa santé chancelante, ma femme continuait ses mauvais procédés à mon égard. Elle harcelait son avocat, Me Bouchard-Dubreuil, pour qu'il accélère la procédure du divorce. Sa déloyauté ne connaissait plus de bornes : pour me faire céder devant ses exigences financières léonines, elle menaçait de me dénoncer au fisc pour la détention d'un compte à numéro à l'UBS de Genève : il s'agissait d'une importante commission qui avait rémunéré mon entremise dans la vente d'un Utrillo. Une somme rondelette, mais pas au point de mériter un redressement fiscal ou la prison.

22

Enfin Valentina réapparut. Je reçus d'elle un coup de fil où elle m'annonçait son retour. D'où appelait-elle ? Impossible de le savoir. Toujours ce mystère ! Elle voulait me voir :

— Je dois vous parler. C'est important.

» Non, pas chez vous, ça se termine toujours de la même façon.

23

Elle me fixa rendez-vous au Flore. Elle était en retard. Mais que m'importait ? Il faisait bon dans le café et j'observais la faune qui s'y retrouvait fuyant le froid du dehors. Un clochard, la barbe et le cheveu hirsutes, sentant l'urine à plein nez, fit une tentative pour se réfugier dans cet asile de chaleur. Le regard plein de révolte, le poing levé, il semblait plus appeler sur lui le châtiment que la compassion. Un serveur, qui semblait actionné par un mécanisme à roulettes, se précipita vers lui. Le prenant sans ménagement par l'épaule, il le renvoya dans le froid. Puis son devoir accompli, le visage éclairé par la satisfaction d'avoir rempli sa mission de protection des riches, il s'essuya la main sur la serviette qui pendait à son bras pour en chasser les microbes. Je ne sais pourquoi cette scène banale provoqua en moi une émotion disproportionnée : pourquoi naît-on dans la race de ceux qu'on jette dehors et qui l'acceptent ? Cet homme, quel accident de la vie l'avait exclu de l'ornière des gens comme il faut ?

Valentina était devant moi. Elle me semblait encore plus belle. L'effet de l'absence, de la cristallisation qu'elle opère, son air d'insolente liberté me la rendaient précieuse.

— Alors ? demandai-je, curieux de ce qu'elle allait me proposer.

— C'est fini, répondit-elle sobrement.

Un morceau de glace glissa le long de mon échine.

— Qu'est-ce qui est fini ? dis-je, faisant semblant de ne pas comprendre.

— Nous ! Vous et moi !

— Mais pourquoi ?

— Il y a un homme dans ma vie. Il veut m'épouser.

— Les hommes disent toujours ça. Le pire, c'est que parfois ils tiennent parole.

— Vous vous croyez drôle ?

— Tu l'aimes ?

— Qu'importe. Il veut m'emmener à New York.

J'étais accablé. Que pouvais-je dire ? Il ne s'agissait plus de négocier un nouveau pacte.

— Je ne veux pas que tu partes, je ne peux vivre sans toi.

— Vous vous réveillez bien tard. Que m'offrez-vous ?

Déjà elle avait saisi son sac et s'apprêtait à partir.

— Je te donnerai tout ce que tu voudras.

— Je veux un appartement.

Puis après avoir constaté que sa proposition ne me semblait pas déraisonnable, elle précisa :

— Pas un nid à rats, un bel appartement.

24

J'acceptai. Avais-je vraiment le choix ? Je ne voyais de vie qu'avec elle. Étrangement, ce pari fou, cet engagement insensé, rejoignait en moi un projet raisonnable. Puisque ma femme voulait m'obliger à vendre notre appartement de la rue des Beaux-Arts, il faudrait bien que je trouve à me loger quelque part. Quel meilleur arrangement que d'habiter avec Valentina dans l'appartement que j'allais lui offrir ? Le bon sens et la passion, ces deux chemins si contraires, se rejoignaient harmonieusement. Par prudence (il y a bien longtemps que ce mot n'avait plus aucun sens dans mes relations avec elle), je comptais l'acheter en indivision avec Valentina pour me prémunir contre son caractère lunatique. Quand je le lui dis, elle ne fit aucune objection. Elle semblait perdue dans un rêve.

25

Je jetai mon dévolu sur un ravissant appartement du boulevard de Beauséjour, un dernier étage, qui donnait sur les jardins du Ranelagh. À mes moments perdus, je pourrais y flâner et pousser jusqu'au musée Marmottan pour y admirer les Monet et les Berthe Morisot. J'aimais ce coin du XVIe arrondissement, aéré, situé en pleine verdure. Un peu anxieux, je le fis visiter à Valentina, en compagnie de l'agent immobilier, un grand type boutonneux, qui se rongeait les ongles et ne cessait de répéter que sa clientèle délaissait le VIIe arrondissement autrefois à la mode pour s'installer ici. Il nous incitait à signer l'acte au plus vite car un richissime Chinois de Hong Kong souhaitait l'acquérir comme pied-à-terre d'autant que sa fille allait poursuivre ses études à Paris. Valentina si difficile à satisfaire se montra enchantée.

— Comment s'appelle ce Chinois ? demanda-t-elle.

26

Chez le notaire, pour la signature de la promesse de vente, Valentina, contrairement à son attitude accommodante des derniers jours, se montra soudain intraitable. Elle refusait de signer si l'appartement n'était pas totalement à son nom. Elle voyait dans mes hésitations les signes d'une insupportable défiance. Comme je lui résistais, elle se leva pour partir. Je cédai. Alors elle montra des capacités en matière notariale qui laissèrent bouche bée le notaire, un bon vivant dont les rayonnages du bureau débordaient de guides gastronomiques et non de codes de procédure civile, ainsi que ses deux clercs complètement dépassés par la situation. Elle fit refaire l'acte selon ses instructions étonnamment précises. L'acte signé, elle éclata en sanglots. Qu'importait ce petit incident, me dis-je, puisque c'était le prix du bonheur. Le sien. Le mien.

27

J'avais à nouveau les pieds plongés dans l'épaisse moquette du cabinet de Me Bouchard-Dubreuil. Le parfum d'intérieur sentait encore exagérément fort, mais il avait changé : ce n'était plus les effluves de lavande qui empestaient son cabinet mais ceux du jasmin. Toujours cérémonieux et d'une faconde cette fois particulièrement alambiquée, il me signifiait que mon épouse avait changé d'avis : elle ne souhaitait plus divorcer. Elle se montrait désormais opposée à toute procédure. L'avocat ne semblait pas avoir de mal à justifier ce subit revirement. Il semblait même jouir de sa dextérité à renverser ses arguments : comme si, dans un procès, il était successivement procureur et défenseur. Après m'avoir bassiné avec des arguties pour me convaincre de mon intérêt de divorcer, il justifiait allègrement toutes les raisons que j'aurais à ne pas rompre. J'avais tellement pris mon parti de ce divorce et ma femme s'était révélée si infernale que je fus déçu de voir se fermer la porte de ma liberté. Toutefois, je me demandais si cette nouvelle stratégie ne dissimulait pas un piège.

La vérité que j'appris le lendemain était encore plus saugrenue. Je rencontrai dans la file d'attente d'un cinéma de Montparnasse l'ancienne femme d'Ambroise. C'était une blonde au visage marqué par les mésaventures conjugales dont la conversation eût été agréable sans sa manie de répéter en boucle les avanies qu'elle avait dû subir de la part d'Ambroise. J'étais seul, elle l'était aussi, nous assistâmes à la projection d'un navet, puis je l'emmenai dîner rue Delambre, au bistrot du Dôme.

Sévèrement brouillée avec Ambroise — on le serait à moins : elle l'accusait d'avoir voulu la faire assassiner —, elle surveillait ses agissements. Elle-même était assez fortunée — certes moins que mon épouse —, Ambroise lui avait fait signer d'avantageux contrats d'assurance-vie à quelques semaines d'un accident qui aurait dû lui être fatal. Elle en avait réchappé par miracle et avait déposé plainte. Ambroise avait bénéficié d'un non-lieu. C'est en apprenant ce précieux curriculum vitae au moment où Ambroise la pressait afin de lui faire signer un contrat d'assurance-vie que mon épouse avait jugé préférable de rompre toute relation avec lui. D'autant qu'ayant eu accès, encore par un de ses anciens condisciples de l'ENA, à sa fiche concoctée par les Renseignements généraux, elle avait été édifiée sur la moralité du personnage. D'après les RG, de lourdes présomptions pesaient sur lui. On le soupçonnait de soustraire des doses de morphine de l'hôpital où il travaillait pour approvisionner des jeunes femmes toxicomanes en échange de leurs faveurs.

D'ailleurs, ses projets de vie avaient changé en tout point. Durant sa maladie, elle avait fait la connaissance d'un séduisant prêtre en soutane, le père Irénée, un aristocrate breton qui, après une existence mouvementée — il avait même tâté de la drogue —, avait été touché par la grâce. Très proche des milieux intégristes, il l'avait ramenée à la religion de son enfance. Elle avait fait solennellement le vœu, lors d'un pèlerinage à Lourdes, si elle guérissait, de mener une existence conforme aux préceptes de sa religion, notamment en ne divorçant pas. Depuis, délaissant sa passion du jardinage passée au second plan, elle brodait des chasubles et des surplis pour les prêtres intégristes réunis dans une communauté de Sens, où ils s'adonnaient à des messes en latin, communiant dans l'ancienne liturgie et dans l'exécration de Jean XXIII et du satanique aggiornamento de Vatican II. Toujours excessive, elle organisait des kermesses au profit de ces prêtres en délicatesse avec leur hiérarchie. Engagement qui avait déplu au préfet de région, franc-maçon appartenant à la loge Fraternité combienne du Grand-Orient, laïc intégriste, qui voyait là une atteinte flagrante à la loi sur la laïcité. Mais entêtée, elle tenait bon, bénéficiant de l'appui d'un autre condisciple de l'ENA, directeur de cabinet du ministre de l'Intérieur, un Versaillais, dont l'épouse entrait tout à fait dans les idées du père Irénée.

28

Du balcon de l'appartement du boulevard de Beauséjour, dont l'agent immobilier m'avait confié la clé, dès la promesse de vente signée, je regardais la nuit tomber sur les grands arbres. Au loin, j'apercevais les hauteurs de Saint-Cloud nimbées de brume. Ce que je voyais clairement désormais, c'était mon avenir avec Valentina. J'avais enfin réussi à l'arracher à ses démons. Cela n'avait pas été sans mal. Quels efforts j'avais dû faire pour la reconquérir ! Comme dans les contes où, pour obtenir la main de la princesse, le héros doit franchir une rivière de feu, tuer un redoutable dragon et se battre en duel avec des spadassins. Désormais, que pouvait-elle désirer d'autre ? Je lui avais tout donné : j'allais divorcer, je lui avais offert l'appartement de ses rêves. Un petit nuage rose s'élevait dans le ciel brumeux, comme s'il cherchait à échapper aux puissances ténébreuses de la nuit. Je le regardais s'effilocher, absorbé peu à peu par l'obscurité. Je me sentais légèrement triste. J'aurais dû être plus gai. Mais n'est-ce pas toujours ainsi quand on a atteint son rêve ?

29

Je n'entrerai pas dans les péripéties de l'aménagement de l'appartement. Selon son désir, je laissai à Valentina les coudées franches : je me contentai de signer des chèques dont un faramineux pour la moquette qui à ce prix devrait faire pâlir d'envie Me Bouchard-Dubreuil. Je sacrifiai les plus beaux meubles et les tableaux qui me restaient. Que m'importait : j'étais pris d'une fièvre nouvelle, la dépossession.

30

Un mois plus tard, par une froide mais lumineuse et ensoleillée matinée de février, je décidai d'aller voir quelle allure avait l'appartement du boulevard de Beauséjour. Depuis trois jours je n'avais pas de nouvelles de Valentina, ce qui, étant donné son caractère lunatique, n'avait rien d'étonnant. Quelle ne fut pas ma surprise en m'apercevant que ma clé n'ouvrait pas la porte d'entrée ! Je crus m'être trompé d'étage. Vérification faite, la serrure résistait toujours. On avait dû la changer. Mais qui ? Je déboulai chez la concierge. Le rideau opaque de la loge était tiré. La radio diffusait à tue-tête un jeu radiophonique. Dès que je frappai au carreau de la porte vitrée, le vacarme fut couvert par les aboiements d'un roquet, des jappements stridents qui sciaient les tympans. La concierge apparut, l'œil mauvais, dans l'entrebâillement de la porte retenue par la chaîne de sécurité. Aussitôt imitée par son cabot rageur qui poussait sur la chaîne. À les voir ainsi superposés, une étrange parenté s'esquissait entre la pipelette et son irascible compagnon :

même poil blanc sale tirant sur le jaune, mêmes yeux rouges exorbités, exhalant une semblable odeur âcre, vivant dans une commune exécration de l'étranger, ils semblaient avoir déteint l'un sur l'autre. Elle m'interpella d'une voix de rogomme :

— Qui êtes-vous ?

— Le propriétaire du 6e.

— Ça m'étonnerait !

— L'ami de Mlle Orlov.

— Qui ça ?

Je répétai son nom.

— Connais pas.

Le cabot continuait ses aboiements hystériques en stéréophonie.

— Les nouveaux propriétaires, des Chinois, arrivent demain !

Elle me claqua la porte au nez, me laissant en tête à tête avec moi-même et mon ahurissement. Comment cet appartement et Valentina elle-même avaient-ils pu disparaître sans laisser d'adresse ?

31

Je déambulais dans l'appartement de la rue des Beaux-Arts qui venait d'être vendu. C'est fou comme cet appartement vide restait envahi par les souvenirs. En creux, resurgissaient les objets qui avaient sillonné les années passées ici. Sur chaque pan de mur, je me remémorais le tableau qui l'occupait, les conditions dans lesquelles je l'avais acquis. Son empreinte demeurait. Même le lit dans la chambre avait laissé la trace de son emplacement.

Tant de souvenirs gisaient ici. Si présents, si intenses, comme des alluvions de mes existences : les moments que j'avais vécus avec mon épouse, et ceux puissants, écrasant tous les autres, qui avaient ensorcelé ma vie avec Valentina. Comme j'avais cru en elle ! Mais n'avais-je pas seulement cru en elle parce que j'avais besoin d'elle, des émotions qu'elle me donnait, cet alcool puissant de la vie ? Elle m'avait possédé, comme on dit dans le jargon des filles. Je ne lui en voulais plus. Source d'illusions, de bonheurs brefs, de longues déceptions, elle était à l'image de l'existence. Mon compte était finalement bénéficiaire — bien sûr, pas mon compte bancaire totalement à sec —, les moments qu'elle m'avait fait vivre avaient une valeur inappréciable qui rendait terne le solde de temps qui me restait.

Ce qui me frappait, c'est à quel point je m'étais battu pour des buts qui me paraissaient aujourd'hui dérisoires. Cet appartement, pour moi le comble du chic, situé dans un quartier à la mode, pourquoi l'avais-je acquis avec une telle fièvre ? Et la Légion d'honneur, ce bout de ruban, j'y tenais parce que c'était le rêve de mon père qui n'avait jamais réussi à l'obtenir, et pourtant il la méritait plus que moi. Je m'étais démené pour l'obtenir — et mon épouse là encore avec la franc-maçonnerie des énarques m'avait bien aidé.

Dans le petit salon ne restait que l'icône que Valentina m'avait offerte et que, je ne sais pourquoi, les cols rouges de Drouot — sans doute pour son peu de valeur — avaient négligé d'emporter. Cette icône de saint Nicolas, celle du grand Pardon, c'était celle-là même qu'on plaçait devant les agonisants. Pardonner, c'est tout ce qu'on peut faire avant d'abandonner cette vie. À quoi sert de la maudire ?

Je ressentis un curieux ébranlement de mon être : non pas un malaise, mais un délicieux abandon comme lorsqu'on commence à tomber dans les pommes ou pendant certaines opérations chirurgicales quand l'anesthésiste ajoute de l'opium dans la perfusion. Puis je sentis un poignant regret de cette existence qui n'aurait pas lieu avec Valentina. Un détail pourtant anodin prit soudain une importance inouïe : le petit déjeuner qu'elle m'avait apporté dans son lit, une nuit où j'avais dormi chez elle, dans les immeubles Walter, la brioche grillée qui laissait des miettes sur les draps et la confiture de groseilles. Un éclair de lumière rouge, intense, se fit dans mon cerveau, le même exactement que j'avais éprouvé la première fois que j'avais fait l'amour avec Valentina. Puis je revis délicieusement l'iris mauve de ses yeux, qui se mit à grandir, prenant des proportions démesurées au point que de tout mon être je me fondis en lui.

Puis, plus rien : j'avais vécu.

DU MÊME AUTEUR

Aux Éditions Gallimard

LE GOÛT DU MALHEUR, *roman* («Folio», n° 2734).

MORNY. UN VOLUPTUEUX AU POUVOIR, *essai* («Folio», n° 2952).

BERNIS LE CARDINAL DES PLAISIRS, *essai* («Folio», n° 3411).

UNE JEUNESSE À L'OMBRE DE LA LUMIÈRE, *roman* («Folio», n° 3768).

UNE FAMILLE DANS L'IMPRESSIONNISME, coll. «Livres d'art».

NOUS NE SAVONS PAS AIMER, *roman* («Folio», n° 4009).

LE SCANDALE, *roman* («Folio», n° 4589).

LA GUERRE AMOUREUSE, *roman* («Folio», n° 5409).

NAPOLÉON OU LA DESTINÉE, *biographie* («Folio», n° 5790).

NE PARS PAS AVANT MOI, *roman* («Folio», n° 6060).

MA JEUNESSE PERDUE, *roman* («Folio», n° 6507).

LA VÉRITÉ SUR LA COMTESSE BERDAIEV, *roman.*

Aux Éditions Grasset

LA FUITE EN POLOGNE, *roman.*

LA BLESSURE DE GEORGES ASLO, *roman.*

LES FEUX DU POUVOIR, *roman*, prix Interallié.

LE MYTHOMANE, *roman.*

AVANT-GUERRE, *roman*, prix Renaudot.

ILS ONT CHOISI LA NUIT, *essai.*

LE CAVALIER BLESSÉ, *roman.*

LA FEMME DE PROIE, *roman.*

LE VOLEUR DE JEUNESSE, *roman.*

L'INVENTION DE L'AMOUR, *roman.*

LA NOBLESSE DES VAINCUS, *essai.*

ADIEU À LA FRANCE QUI S'EN VA, *essai.*

MES FAUVES, *essai.*

DEVOIR D'INSOLENCE, *essai.*

CETTE OPPOSITION QUI S'APPELLE LA VIE, *essai.*

Chez d'autres éditeurs

OMAR, LA CONSTRUCTION D'UN COUPABLE, *essai*, Éditions de Fallois.

LIBERTIN ET CHRÉTIEN, Desclée de Brouwer.

GORKI, L'EXILÉ DE CAPRI, *théâtre*, L'Avant-Scène théâtre.

CES AMIS QUI ENCHANTENT LA VIE. PASSIONS LITTÉRAIRES, Éditions Robert Laffont.

LES ROMANS DE L'AMOUR ET DU POUVOIR, Éditions Robert Laffont.

LE PSYCHODRAME FRANÇAIS, Éditions Robert Laffont.

COLLECTION FOLIO

Dernières parutions

6246. Jules Barbey d'Aurevilly	*La Vengeance d'une femme* précédé du *Dessous de cartes d'une partie de whist*
6247. Victor Hugo	*Le Dernier Jour d'un Condamné*
6248. Victor Hugo	*Claude Gueux*
6249. Victor Hugo	*Bug-Jargal*
6250. Victor Hugo	*Mangeront-ils ?*
6251. Victor Hugo	*Les Misérables. Une anthologie*
6252. Victor Hugo	*Notre-Dame de Paris. Une anthologie*
6253. Éric Metzger	*La nuit des trente*
6254. Nathalie Azoulai	*Titus n'aimait pas Bérénice*
6255. Pierre Bergounioux	*Catherine*
6256. Pierre Bergounioux	*La bête faramineuse*
6257. Italo Calvino	*Marcovaldo*
6258. Arnaud Cathrine	*Pas exactement l'amour*
6259. Thomas Clerc	*Intérieur*
6260. Didier Daeninckx	*Caché dans la maison des fous*
6261. Stefan Hertmans	*Guerre et Térébenthine*
6262. Alain Jaubert	*Palettes*
6263. Jean-Paul Kauffmann	*Outre-Terre*
6264. Jérôme Leroy	*Jugan*
6265. Michèle Lesbre	*Chemins*
6266. Raduan Nassar	*Un verre de colère*
6267. Jón Kalman Stefánsson	*D'ailleurs, les poissons n'ont pas de pieds*
6268. Voltaire	*Lettres choisies*
6269. Saint Augustin	*La Création du monde et le Temps*

6270.	Machiavel	*Ceux qui désirent acquérir la grâce d'un prince...*
6271.	Ovide	*Les remèdes à l'amour* suivi de *Les Produits de beauté pour le visage de la femme*
6272.	Bossuet	*Sur la brièveté de la vie* et autres sermons
6273.	Jessie Burton	*Miniaturiste*
6274.	Albert Camus – René Char	*Correspondance 1946-1959*
6275.	Erri De Luca	*Histoire d'Irène*
6276.	Marc Dugain	*Ultime partie. Trilogie de L'emprise, III*
6277.	Joël Egloff	*J'enquête*
6278.	Nicolas Fargues	*Au pays du p'tit*
6279.	László Krasznahorkai	*Tango de Satan*
6280.	Tidiane N'Diaye	*Le génocide voilé*
6281.	Boualem Sansal	*2084. La fin du monde*
6282.	Philippe Sollers	*L'École du Mystère*
6283.	Isabelle Sorente	*La faille*
6285.	Jules Michelet	*Jeanne d'Arc*
6286.	Collectif	*Les écrivains engagent le débat. De Mirabeau à Malraux, 12 discours d'hommes de lettres à l'Assemblée nationale*
6287.	Alexandre Dumas	*Le Capitaine Paul*
6288.	Khalil Gibran	*Le Prophète*
6289.	François Beaune	*La lune dans le puits*
6290.	Yves Bichet	*L'été contraire*
6291.	Milena Busquets	*Ça aussi, ça passera*
6292.	Pascale Dewambrechies	*L'effacement*
6293.	Philippe Djian	*Dispersez-vous, ralliez-vous !*
6294.	Louisiane C. Dor	*Les méduses ont-elles sommeil ?*
6295.	Pascale Gautier	*La clef sous la porte*
6296.	Laïa Jufresa	*Umami*
6297.	Héléna Marienské	*Les ennemis de la vie ordinaire*
6298.	Carole Martinez	*La Terre qui penche*
6299.	Ian McEwan	*L'intérêt de l'enfant*

6300. Edith Wharton — *La France en automobile*
6301. Élodie Bernard — *Le vol du paon mène à Lhassa*
6302. Jules Michelet — *Journal*
6303. Sénèque — *De la providence*
6304. Jean-Jacques Rousseau — *Le chemin de la perfection vous est ouvert...*
6305. Henry David Thoreau — *De la simplicité !*
6306. Érasme — *Complainte de la paix*
6307. Vincent Delecroix/ Philippe Forest — *Le deuil. Entre le chagrin et le néant*
6308. Olivier Bourdeaut — *En attendant Bojangles*
6309. Astrid Éliard — *Danser*
6310. Romain Gary — *Le Vin des morts*
6311. Ernest Hemingway — *Les aventures de Nick Adams*
6312. Ernest Hemingway — *Un chat sous la pluie*
6313. Vénus Khoury-Ghata — *La femme qui ne savait pas garder les hommes*
6314. Camille Laurens — *Celle que vous croyez*
6315. Agnès Mathieu-Daudé — *Un marin chilien*
6316. Alice McDermott — *Somenone*
6317. Marisha Pessl — *Intérieur nuit*
6318. Mario Vargas Llosa — *Le héros discret*
6319. Emmanuel Bove — *Bécon-les-Bruyères* suivi du *Retour de l'enfant*
6320. Dashiell Hammett — *Tulip*
6321. Stendhal — *L'abbesse de Castro*
6322. Marie-Catherine Hecquet — *Histoire d'une jeune fille sauvage trouvée dans les bois à l'âge de dix ans*
6323. Gustave Flaubert — *Le Dictionnaire des idées reçues*
6324. F. Scott Fitzgerald — *Le réconciliateur* suivi de *Gretchen au bois dormant*
6325. Madame de Staël — *Delphine*
6326. John Green — *Qui es-tu Alaska ?*

6327. Pierre Assouline — *Golem*
6328. Alessandro Baricco — *La Jeune Épouse*
6329. Amélie de Bourbon Parme — *Le secret de l'empereur*
6330. Dave Eggers — *Le Cercle*
6331. Tristan Garcia — *7. romans*
6332. Mambou Aimée Gnali — *L'or des femmes*
6333. Marie Nimier — *La plage*
6334. Pajtim Statovci — *Mon chat Yugoslavia*
6335. Antonio Tabucchi — *Nocturne indien*
6336. Antonio Tabucchi — *Pour Isabel*
6337. Iouri Tynianov — *La mort du Vazir-Moukhtar*
6338. Raphaël Confiant — *Madame St-Clair. Reine de Harlem*
6339. Fabrice Loi — *Pirates*
6340. Anthony Trollope — *Les Tours de Barchester*
6341. Christian Bobin — *L'homme-joie*
6342. Emmanuel Carrère — *Il est avantageux d'avoir où aller*
6343. Laurence Cossé — *La Grande Arche*
6344. Jean-Paul Didierlaurent — *Le reste de leur vie*
6345. Timothée de Fombelle — *Vango, II. Un prince sans royaume*
6346. Karl Ove Knausgaard — *Jeune homme, Mon combat III*
6347. Martin Winckler — *Abraham et fils*
6348. Paule Constant — *Des chauves-souris, des singes et des hommes*
6349. Marie Darrieussecq — *Être ici est une splendeur*
6350. Pierre Deram — *Djibouti*
6351. Elena Ferrante — *Poupée volée*
6352. Jean Hatzfeld — *Un papa de sang*
6353. Anna Hope — *Le chagrin des vivants*
6354. Eka Kurniawan — *L'homme-tigre*
6355. Marcus Malte — *Cannisses* suivi de *Far west*
6356. Yasmina Reza — *Théâtre : Trois versions de la vie / Une pièce espagnole / Le dieu*

		du carnage / Comment vous racontez la partie
6357.	Pramoedya Ananta Toer	*La Fille du Rivage. Gadis Pantai*
6358.	Sébastien Raizer	*Petit éloge du zen*
6359.	Pef	*Petit éloge de lecteurs*
6360.	Marcel Aymé	*Traversée de Paris*
6361.	Virginia Woolf	*En compagnie de Mrs Dalloway*
6362.	Fédor Dostoïevski	*Un petit héros. Extrait de mémoires anonymes*
6363.	Léon Tolstoï	*Les Insurgés. Cinq récits sur le tsar et la révolution*
6364.	Cioran	*Pensées étranglées* précédé du *Mauvais démiurge*
6365.	Saint Augustin	*L'aventure de l'esprit et autres confessions*
6366.	Simone Weil	*Pensées sans ordre concernant l'amour de Dieu et autres textes*
6367.	Cicéron	*Comme il doit en être entre honnêtes hommes...*
6368.	Victor Hugo	*Les Misérables*
6369.	Patrick Autréaux	*Dans la vallée des larmes* suivi de *Soigner*
6370.	Marcel Aymé	*Les contes du chat perché*
6371.	Olivier Cadiot	*Histoire de la littérature récente (tome 1)*
6372.	Albert Camus	*Conférences et discours 1936-1958*
6373.	Pierre Raufast	*La variante chilienne*
6374.	Philip Roth	*Laisser courir*
6375.	Jérôme Garcin	*Nos dimanches soir*
6376.	Alfred Hayes	*Une jolie fille comme ça*
6377.	Hédi Kaddour	*Les Prépondérants*
6378.	Jean-Marie Laclavetine	*Et j'ai su que ce trésor était pour moi*
6379.	Patrick Lapeyre	*La Splendeur dans l'herbe*

6380. J.M.G. Le Clézio	*Tempête*
6381. Garance Meillon	*Une famille normale*
6382. Benjamin Constant	*Journaux intimes*
6383. Soledad Bravi	*Bart is back*
6384. Stephanie Blake	*Comment sauver son couple en 10 leçons (ou pas)*
6385. Tahar Ben Jelloun	*Le mariage de plaisir*
6386. Didier Blonde	*Leïlah Mahi 1932*
6387. Velibor Čolić	*Manuel d'exil. Comment réussir son exil en trente-cinq leçons*
6388. David Cronenberg	*Consumés*
6389. Éric Fottorino	*Trois jours avec Norman Jail*
6390. René Frégni	*Je me souviens de tous vos rêves*
6391. Jens Christian Grøndahl	*Les Portes de Fer*
6392. Philippe Le Guillou	*Géographies de la mémoire*
6393. Joydeep Roy-Bhattacharya	*Une Antigone à Kandahar*
6394. Jean-Noël Schifano	*Le corps de Naples. Nouvelles chroniques napolitaines*
6395. Truman Capote	*New York, Haïti, Tanger et autres lieux*
6396. Jim Harrison	*La fille du fermier*
6397. J.-K. Huysmans	*La Cathédrale*
6398. Simone de Beauvoir	*Idéalisme moral et réalisme politique*
6399. Paul Baldenberger	*À la place du mort*
6400. Yves Bonnefoy	*L'écharpe rouge* suivi de *Deux scènes et notes conjointes*
6401. Catherine Cusset	*L'autre qu'on adorait*
6402. Elena Ferrante	*Celle qui fuit et celle qui reste. L'amie prodigieuse III*
6403. David Foenkinos	*Le mystère Henri Pick*
6404. Philippe Forest	*Crue*
6405. Jack London	*Croc-Blanc*
6406. Luc Lang	*Au commencement du septième jour*

Composition Entrelignes
Impression Novoprint
à Barcelone, le 10 mai 2018
Dépôt légal : mai 2018
ISBN 978-2-07-276517-9./Imprimé en Espagne.

327589